Hermes Marcondes Lourenço

O Duende
PACTO DE SANGUE

LETRAMENTO

Copyright © 2019 by Editora Letramento
Copyright © 2019 by Hermes Marcondes Lourenço

Diretor Editorial | **Gustavo Abreu**
Diretor Administrativo | **Júnior Gaudereto**
Diretor Financeiro | **Cláudio Macedo**
Logística | **Vinícius Santiago**
Designer Editorial | **Luís Otávio Ferreira**
Assistente Editorial | **Giulia Staar e Laura Brand**
Revisão | **LiteraturBr Editorial**
Capa | **Isabella Sarkis (Barn Editorial)**
Imagem da Capa | **Shutterstock**

Todos os direitos reservados.
Não é permitida a reprodução desta obra sem
aprovação do Grupo Editorial Letramento.

Dados Internacionais de Catalogação na Publicação (CIP) de acordo com ISBD

L892d	Lourenço, Hermes
	O duende: pacto de sangue / Hermes Lourenço. - Belo Horizonte : Letramento, 2019.
	162 p. ; 14cm x 21cm.
	ISBN: 978-85-9530-236-5
	1. Literatura brasileira. 2. Ficção. I. Título.
2019-880	CDD 869.8992
	CDU 821.134.3(81)

Elaborado por Vagner Rodolfo da Silva - CRB-8/9410

Índice para catálogo sistemático:
1. Literatura brasileira : Ficção 869.8992
2. Literatura brasileira : Ficção 821.134.3(81)

Belo Horizonte - MG
Rua Magnólia, 1086
Bairro Caiçara
CEP 30770-020
Fone 31 3327-5771
contato@editoraletramento.com.br
editoraletramento.com.br
casadodireito.com

Esta é uma obra de ficção. Nomes,
personagens, lugares e incidentes são produtos
da imaginação do autor ou são usados de
forma fictícia para dar teor a história.

Qualquer semelhança com locais, fatos e
pessoas, vivas ou mortas, é mera coincidência.

*Dedico este livro a quatro pessoas marcantes
em minha vida, que sem elas seria difícil
fazer esse livro chegar nas mãos dos mais
distantes leitores do Brasil e do exterior.*

*A meu editor Gustavo Abreu, pelas orientações
e brilhante visão literária; a Inêz Lourenço
pelo incentivo e a Mayla Viviane, pelo
apoio no mundo virtual, enquanto vivo a
realidade da escrita e ao amigo Abel Fagundes
(in memoriam), pelo olhar crítico.*

*Em especial, minha gratidão e
apreço a meus leitores.*

PRÓLOGO
BELO HORIZONTE

A polícia já havia cercado pelo menos seis quadras próximo ao luxuoso edifício, localizado no bairro Gutierrez. Nem os moradores podiam transitar pela área, enquanto repórteres agitavam-se por trás do cordão de isolamento, cujas lentes estavam voltadas para o décimo terceiro andar, onde em pé na sacada podia se observar a imagem de um homem vestido de branco — era o que sugeria a imagem captada pelo olho humano — preparado para pular e por fim na própria vida.

Uma situação peculiar, e, diga-se de passagem, rotineira para a polícia, que estava sempre pronta e alerta para este tipo de problema, que se tornava comum em um país que vivia o auge de mais uma crise econômica.

— Coitado, ele deve estar quebrado — era a frase que mais se ouvia próximo ao cordão de isolamento.

O que a polícia escondia da população era que Dário Montgomery tinha sete reféns amarrados dentro da sala, cuja porta estava conectada a explosivos C4 e o esquadrão antibombas havia encontrado outros explosivos, estrategicamente espalhados em pontos distintos do luxuoso edifício Luxor — uma apologia brasileira ao cassino de Las Vegas (há quem dizia que a referência era a cidade do sul do Egito) —, por isso o cordão de isolamento.

Um investigador andava com o celular de um lado para o outro, tentava falar com Dário, ou Sr. Montgomery, dono de uma das maiores redes de comércio eletrônico, com lucros anuais que superavam a casa dos nove dígitos. O que ninguém compreendia era como um homem vindo de um berço humilde conseguiu atingir o ápice financeiro em pouco tempo, na flor da juventude e porque não saiu do Brasil.

O investigador falava ao telefone, ao lado do comandante da divisão antiterrorismo da polícia federal, ao ver o delegado, correu em sua direção.

— Senhor, consegui contato com Dr. Luciano, o psiquiatra de Dário. Ele falou que está vindo! — disse ofegante como se os pulmões estivessem prestes a saltar para fora.

O delegado tapou o fone.

— Qual é mesmo o nome do psiquiatra?

— Dr. Luciano. Ele acompanha o Dário há 10 anos.

O delegado coçou o bigode e retirou a mão que tapava o fone.

— Dr. Luciano, aqui quem fala é o delegado Fernando. As informações que vou lhe fornecer são sigilosas, e preciso que nos ajude a evitar que seu paciente faça merda.

— Sim. Já estou a caminho. O agente me disse que Dário está ameaçando pular da sacada do prédio?

— Se fosse só isso, estaria tudo bem... Temos outros problemas e por isso lhe peço sigilo.

— Claro, conte comigo. Que outros tipos de problemas você se refere?

— É que seu paciente implantou explosivos por toda a estrutura do prédio e está com sete reféns.

— O quê? Isso não pode estar acontecendo. Dário sempre foi uma pessoa calma, apesar dos problemas...

— Não é só isso. Obtivemos a informação da divisão antiterrorismo, que existe mais bombas programadas para explodir em 48 horas. Só não sabemos em que cidades ele as implantou. Um informante da ABIN relata que há suspeitas que um dos alvos seja o congresso nacional, e você deve saber, doutor, que dinheiro e contato com pessoas influentes para ele é o que não faltava.

Após alguns segundos de silêncio, pôde-se ouvir a voz do Dr. Luciano.

— Meu Deus! Sequer passava em minha cabeça que as alucinações de Dário o pudessem colocá-lo nessa situação...

— Como assim alucinações? — questionou o delegado.

— É uma longa história, delegado. Assim que chegar aí lhe explico.

— De qualquer forma em quanto tempo, doutor, o senhor acha que consegue chegar?

O celular começou a emitir um ruído de interferência.

— Dr. Luciano? Dr. Luciano? Que merda! Essa droga de telefone parou de funcionar. — Disse o delegado entregando o aparelho para o agente, que guardou o celular no bolso.

— A psicóloga está pronta para subir, delegado. Ele disse que se alguém se aproximar com alguma arma, ele vai explodir tudo.

O delegado coçou a cabeça. Retirou os óculos de sol e olhou para o topo do prédio, onde Dário, naquela altura, não passava de um ponto branco e distante que não mudava de posição.

— Eu vou com ela. — Afirmou o delegado tornando a colocar o óculos de sol. — Pode trazer o colete!

O agente ficou constrangido. Sabia que Fernando era enérgico e sempre gostava de estar no comando.

— Dr. Fernando, veja bem... Dário disse que apenas a senhorita Lavínia, a psicóloga, poderá subir.

O rosto de Fernando avermelhou. Ele retirou os óculos outra vez, mostrando os olhos esbugalhados, parecendo que queriam saltar para fora da órbita ocular.

— Quem manda nessa porra toda sou eu! — gritou — Não vai ser um suicida de merda que vai impor o que eu devo ou o que eu não devo fazer!

Antes que o delegado completasse a fala, tocou o celular.

O Delegado olhou para o display. Era da agência Brasileira de Inteligência. Atendeu ao telefonema.

— Fernando Tavares falando. — Respondeu com cautela ao telefone. Sabia que se era da ABIN devia ter pepino grande pela frente.

— Fernando, quem está falando é Paulo Lopez, sou diretor geral da ABIN, e estou ligando a pedido do chefe do gabinete de segurança da presidência da República, para saber como está a situação. Já estão a caminho alguns agentes da inteligência brasileira, bem como oficiais do exército com reforço. Não sei se é de seu conhecimento, mas entre os reféns do senhor Dário Montgomery, nós temos dois deputados federais, um ex-ministro, o líder de uma das igrejas expoentes no Brasil e no exterior, um dos traficantes mais procurados, o presidente de uma rede de televisão e uma mulher que desconhecemos. Aconteça o que acontecer, precisamos que Dário sobreviva, assim como os reféns, pois só ele sabe os lugares em que ele colocou os explosivos. A situação é delicadíssima.

O Delegado olhou para o investigador. Ficou pálido, como se tivesse visto um fantasma.

— Ok, Paulo. Também não queremos que nada aconteça com os reféns. Nesse momento, uma de nossas policiais, graduada em psicologia e especialista em negociação está subindo para falar com ele.

— Adote a posição passiva, e assuma o controle. Ele tem que sobreviver. Você acha que consegue controlar a situação até nossos agentes chegarem?

Fernando respirou fundo.

— Sim, está tudo sob controle. — Respondeu e desligou o celular.

Olhou para trás. Diversos policiais misturavam-se entre si, diferenciados pela farda. Pareciam perdidos, como formigas em um formigueiro recém pisado. Caminhou em direção a Lavínia, enquanto acionava o *talk* do rádio.

— Atenção todos os agentes. Está expressamente proibida a entrada de qualquer pessoa não autorizada, exceto do psiquiatra Luciano e força policial mediante identificação. Qualquer informação que vazar para imprensa será investigada e o responsável irá responder criminalmente. A orientação é de sigilo absoluto. Entendido?

Pode ouvir diversos "sim, senhor" pelo walkie talkie, de agentes em pontos estratégicos.

Aproximou-se de Lavínia, que acabava de ajustar o colete.

— Lavínia, tudo bem?

A agente olhou para Fernando. Era nítida a face de apreensão do delegado.

—Tudo bem, delegado.Vou subir e tentar conversar com Dário. — Respondeu a psicóloga, prendendo os cabelos negros com um rabo de cavalo.

—Acabei de receber uma ligação do diretor da ABIN, a pedido do chefe do gabinete de segurança da presidência da República. Só posso lhe dizer que o "trem tá feio". — Afirmou em bom "mineirez". — Se esse cara se matar, estamos todos ferrados, além de que diversos inocentes irão morrer. O caso é sério.

Lavínia riu. Usava óculos redondos de grau com armação vermelha que destacava no rosto pálido.

— Fique tranquilo, delegado.Vai dar tudo certo! — as palavras saíram por instinto, com o objetivo de acalentar e transmitir segurança.

Tranquilo o caralho, pensou o delegado enquanto se esforçava para retribuir o sorriso, só que não teve êxito.

Lavínia seguiu até o elevador do prédio, acompanhada por uma escolta armada.

Apertou o botão e, em segundos, abriram-se as portas do elevador.

A escolta ficou do lado de fora. Lavínia pressionou o botão do décimo terceiro andar (a biometria havia sido desativada pela portaria para facilitar o acesso das autoridades policiais). As portas se fecharam e uma voz eletrônica e suave anunciou: Subindo.

E vamos nós... Mais um milionário enlouquecido, sobrecarregado pelo trabalho, ou talvez, com a emoção fragmentada. Em todas as possibilidades, algo está faltando e há a necessidade de atrair a atenção tentando suprir uma carência emocional. É sempre assim, pensou Lavínia.

A voz eletrônica anunciava a chegada ao décimo terceiro andar...

Ao sair, o corredor estava repleto de policiais, todos com colete a prova de balas e "armado até os dentes".

Um deles fez sinal para que Lavínia entrasse.

Lavínia abriu a porta de madeira nobre, revelando uma luxuosa sala. Um lustre de cristal, destacava-se no centro dela. Na lateral direita da sala, havia uma porta de vidro que dava acesso à copa. O que chamava a atenção era que dava para ver com nitidez os sete reféns, amarrados e sentados no chão através da porta de vidro. Todos estavam amordaçados e usavam um colete, repleto de fios, conectados a explosivos C4. A porta de vidro também estava travada de onde saíam diversos fios, que se ligavam a um recipiente (parecido com um barril de chope), porém cheio de circuitos.

Uma bomba que Lavínia era incapaz de calcular o estrago que ela poderia fazer caso fosse detonada, ou se alguém se atrevesse a abrir a porta.

Os sete reféns olharam para a psicóloga com a expressão de desespero. Implorando por socorro e todos acompanhavam os passos da estranha mulher.

Do lado oposto à porta de vidro, havia uma estante repleta de livros que dividia a parede com uma pintura que se assemelhava a um labirinto cortado pela metade com nove círculos, que trazia a assinatura de Dário. À frente, havia o acesso para o espaço gourmet separado por uma imensa porta de vidro, com a sacada, revelando uma visão privilegiada da cidade de Belo Horizonte, de onde Lavínia podia observar um homem de aproximadamente 28 anos, de costas, vestido de branco, pronto para pular.

Dário estava em pé na sacada, segurando um dispositivo, cujos fios saíam em direção a uma pequena bolsa que ele carregava preso à cintura.

Aproximou-se com cuidado. Sabia que qualquer movimento em falso ele poderia saltar.

Antes que o chamasse, pôde ouvir a voz de Dário.

— Então você é Lavínia, "a psicóloga", que a polícia pediu para tentar me convencer de não matar essa galera e, é claro, também querem saber onde eu coloquei as bombas...

Lavínia deu um passo para trás.

Ele não pode ser o Dário que estou pensando que seja, e como ele sabe que eu entrei se ele está de costas? Deve ser um louco... — Pensou, tentando manter a calma, enquanto olhava para Dário.

— A propósito, senhorita Lavínia, não sou louco, não estou sobrecarregado de trabalho e não estou fazendo isso para chamar a atenção, ao contrário do que você pensou enquanto subia o elevador. — Afirmou, virando-se em direção da psicóloga, ainda em pé na sacada, revelando a imagem de um homem usando uma barba volumosa que cobria parte do rosto. O cabelo era liso e longo. Chegou a lembrar da imagem de Jesus, exceto pelo pingente de um trevo de quatro folhas que ele usava pendurado em um grosso cordão de ouro.

As pernas de Lavínia perderam a força e ela quase desabou no chão.

Meu Deus, como ele sabe o que eu estava pensando no elevador? Isso não é possível!, pensou a psicóloga assombrada diante da frase de uma das maiores fortunas do mundo.

Dário desceu da sacada, abriu a porta de vidro e apontou uma poltrona para Lavínia, para que ela sentasse, que sem dizer nada seguiu em direção e obedeceu, ainda alarmada em como ele sabia o que ela havia pensado. A seguir, sentou-se diante da psicóloga.

— Uma maldição. Por isso estou tentando consertar o que estraguei e trazer o equilíbrio mais uma vez em minha vida.

Lavínia ajeitou os óculos, tentando disfarçar as mãos trêmulas.

— Não entendi? Do que você está falando? — questionou Lavínia, ainda meio confusa.

Dário riu. Olhou para a porta e sabia que os policiais, não iriam entrar. Estava um passo à frente de qualquer ação policial que pudesse prejudicar a própria integridade.

— Apenas respondi sua dúvida, que você acabou de pensar. "Meu Deus, como ele sabia o que eu estava pensando no elevador". Isso é possível, só que é uma longa história. Preciso de alguém que esteja disposta a me ouvir.

Lavínia sentia o coração disparar. Não conseguia conter o tremor das mãos. Sabia que o psiquiatra iria chegar em breve.

Dário sorriu mais uma vez.

— O psiquiatra não vai chegar Lavínia. Infelizmente, ele vai sofrer um acidente. — Afirmou.

— Ele vai morrer? — perguntou Lavínia, com medo de ter feito uma pergunta idiota.

— Não, ele não vai morrer. A sua presença aqui é importante e não a dele. E sua pergunta não foi idiota. — Respondeu enquanto cruzava as pernas.

Lavínia olhou para o dispositivo que estava nas mãos de Dário.

— Ah! Isso, bem... Você sabe. É uma bomba. Os fios do detonador estão conectados a um monitor cardíaco, ligado a meu coração. Qualquer oscilação além dos níveis fisiológicos irá detonar os explosivos. Mas fique calma, sou uma pessoa que sabe se controlar. — Respondeu Dário, brincando.

Lavínia sabia que não tinha outra saída. Olhou para o relógio de pulso que marcava 9:30 da manhã.

— Fique tranquila, Lavínia. Temos tempo. Seus superiores já sabem do explosivo conectado ao meu coração. Da sacada do meu apartamento, eu contei pelo menos uns vinte atiradores *snipers*, bem posicionados por sinal. Só que eles sabem que se algo acontecer comigo, terão uma experiência amarga e amanhã serão notícias em todos os canais de TV do mundo. E, é claro, existem outras bombas e só eu sei a localização.

— Sobre o que você quer falar, Dário Montgomery?

Dário ajeitou o cabelo, que caía sobre o olho.

— É uma longa história. Você está disposta a ouvir?

Lavínia sentia-se mais calma. Recordou-se de uma brincadeira de tentar ficar sem pensar e responder o que lhe fosse perguntado.

— Estou disposta a lhe ouvir, Dário, peço que respeite a privacidade de meus pensamentos.

Dário sorriu. Um sorriso diferente e mascarado, que parecia encobrir uma pessoa com grande sofrimento mental, um sorriso carregado de dor e melancolia.

— Lavínia, você acredita em duendes?

— Você só pode estar brincando... — Respondeu a psicóloga, ainda tentando manter os pensamentos "em branco". — É claro que não acredito!

— Mas o que tenho a lhe dizer vai fazê-la mudar de opinião. Está disposta a ouvir?

— Claro! — afirmou Lavínia.

— Vou lhe contar...

A MINHA HISTÓRIA

Meu nome verdadeiro é Dário Montes Gumercino, filho de pais paupérrimos, pois se o registro não fosse gratuito, nem nome eu teria.

O Montgomery, um nome mais refinado, que soa com elegância e desperta a atenção das pessoas, além é claro dos olhares dos curiosos, surgiu na minha infância. Junte a um bom nome, roupas de marca, ande em um carro importado e lhe asseguro que o mundo será seu. Ao menos é o que diz minha assessoria, apesar de não concordar com essa teoria.

Confesso a você que desde pequeno, vivi diante de dois limiares, antes que minha vida se transformasse em um verdadeiro inferno, talvez o pior dos pesadelos. Duvido que qualquer pessoa seja capaz de suportar, a dor que carrego em minha alma.

Conheci de perto a pobreza extrema e a felicidade absoluta.

Sim, a felicidade… A verdadeira felicidade, como eu sinto falta disso!

Meu pai, sempre foi um trabalhador honesto. Na verdade, o homem mais honesto que já conheci. Ele se chamava Marcos Paulo Gumercino e era cortador de cana — a única forma que encontrava para garantir o pão em nossa humilde casa —, na época em que morávamos na periferia de uma pequena cidade no interior do estado de São Paulo, chamada Brotas.

Brotas, me desculpem os moradores locais, é um ovo de cidade. Além de praças com verde exuberante, tem um rio maravilhoso, chamado Jacaré Pepira que corta a cidade. Naquela época, era pouco conhecida até no mapa. Era uma cidade de aposentados, e como diziam meus amigos, uma cidade onde cada idoso já tinha adquirido seu lote de terra no cemitério. Fiz meu primeiro grau em escola pública e sofria todos os tipos de *bullying* que uma criança pode sofrer. Quando tocava o sinal, eu tinha que sair correndo, senão a galera da pesada me usava de apagador humano e saiam me esfregando pelo quadro negro. Eu odiava isso.

Me perdoe, mas vivemos em uma sociedade preconceituosa, onde os menos abastados se fodem, além de serem hostilizados e humilhados primeiro pelo governo e depois pela própria sociedade. Mas voltando ao assunto, foi lá em Brotas que vivi toda a minha infância.

Tudo começou no mês de novembro, em uma sexta-feira chuvosa.

Havia saído da escola, correndo feito louco, pois na minha sala havia os irmãos gêmeos, conhecidos popularmente como "carneiros", pois eram loiros de cabelos curtos e encaracolados. O loiro dos cabelos contrastava como o branco da pele — quase albina—, daí nasceu "os carneiros".

Saí em disparada perseguido pelos gêmeos em direção à praça da cidade, e a única saída que eu tinha era entrar em uma loja qualquer e esperar que a vontade de me agredir de meus oponentes passassem, em especial, naquele dia, na qual estava "jurado de morte", que na linguagem dos carneiros significava que eu iria apanhar dos dois.

O fato é que eu corria feito doido. Cheguei a tropeçar após sentir uma ferroada nas costas, mas consegui escapar.

Ao perceber que a barra estava limpa, segui em direção a minha casa, particularmente chateado nem tanto pelos carneiros — isso já era rotina —, mas, em especial, por saber que a maioria de meus amigos iriam cursar o segundo grau fora de Brotas — naquela época se você quisesse ter um futuro, você tinha que ir estudar nas cidades vizinhas e consequentemente morar fora.

Brotas fica perto de cidades como São Carlos, Jaú, Rio Claro, Araraquara e Campinas — e era para lá que a galera que desejava ter um futuro promissor se mandava, isso na minha época.

Cheguei cabisbaixo em casa — uma dessas casas que meu pai conseguiu comprar graças a um programa do governo —, isso depois de atravessar a cidade a pé, indo do centro em direção ao cemitério (minha casa ficava atrás).

Ao chegar em casa, meu pai estava dançando com Letícia, minha amada irmã, ao som de uma vitrola que ele havia achado em frente a uma casa no centro, para ser jogada no lixo. Ele mesmo a consertou e tocava os mesmos discos que havia achado com ela. Aqueles discos de vinil fariam qualquer adolescente rir, comparado às tecnologias de hoje. O disco preferido de meu pai era Lacrimosa, de Mozart.

Meu pai, apesar de matuto, percebeu de cara que eu não estava bem.

— Ei, filho, o que aconteceu? — Perguntou, enquanto minha irmã continuava a rodopiar feito um pião e ele abaixava o volume da vitrola.

Juro que não sabia como ele tinha essa percepção de quando havia algo de errado no ar, mas de alguma forma ele simplesmente sabia.

— Não foi nada não. Só estou cansado — falei. — O dia de hoje foi humilhante.

Na verdade, a palavra humilhante era o reflexo de quem eu era. Uma criança pobre, que morava onde o Judas perdeu as botas e minha casa sequer tinha televisão (exceto pela porra da vitrola que meu pai havia consertado e tocava sempre a mesma merda de música). Meu raciocínio estava errado naquela época. O dia não era humilhante e sim minha vida.

Se me perguntar se me arrependo... Sim, eu estava completamente errado. Mas na época eu não passava de um moleque, com os hormônios fervilhando em meu corpo.

— Filho, um pai que ama seu filho sabe quando tem algo de errado com ele. — Disse meu pai.

Posso ter vindo de berço humilde, mas sempre fui diferente das pessoas que conheci. Sempre procurei estudar e você já cansou de me ver lendo pela casa. Acho que às vezes um bom livro é a melhor companhia que nos ajuda a ficar livre de todo tipo de estresse. Por isso não fiz questão de termos uma televisão.

Bem, na verdade meu pai tinha razão. Ele prezava pelo conhecimento. Eu só não compreendia a razão dele ter escolhido trabalhar como cortador de cana. A televisão, em minha humilde casa, resumia-se a uma estante comprada em um brechó, lotada de livros que as pessoas doavam para meu pai, a maioria livros surrados e maltratados.

Fiquei calado, meu sangue fervia com a ideia da maioria de meus amigos irem estudar fora, incluindo Erika, minha paixão.

— Pai, estou cansado disso. Meus amigos todos estão indo estudar em São Carlos. Vou ter que estudar aqui. Isso não é justo! Você é inteligente, olha o tanto de livros que você leu, e por que não tenta outra profissão ao invés de ser boia fria?

Meu pai não se deixava abater.

Na verdade, na época, achava que minha mãe havia se casado com um monge franciscano, que havia renunciado o luxo em prol da humildade e da felicidade. Sei que algumas pessoas conseguem viver bem assim, mas não era o meu caso. Eu queria ficar perto de meus amigos, porque apesar das humilhações, eu tinha duas ou três verdadeiras amizades. Óbvio, meus melhores amigos eram pobres, mas nenhum era tanto quanto eu.

— Já discutimos sobre esse assunto, meu filho. O trabalho dignifica o homem, independente da profissão que ele tenha escolhido. Amo você, sua mãe, sua irmã e seu irmão. Veja o lado bom, estudando aqui você não irá precisar viajar todo o dia e terá o corpo e a mente a pleno vapor para estudar e se preparar para ingressar em uma universidade pública. Só depende de você.

Olha só seu irmão, conseguiu uma bolsa de estudos e mudou-se para o Canadá e ele não precisou estudar fora de Brotas.

— Mas, pai! — Reclamava, ciente de que não adiantava argumentar com ele. Eu sempre perdia, e na época achava que já havia nascido um perdedor.

Ele ligou a vitrola. Parecia um gigante diante de minha irmã, um gigante branco, de cabelos negros que escorriam pela face, corcunda de tanto cortar cana e ficar sentado horas e horas numa poltrona detonada (lógico que era fruto de doação), lendo. Aproximou-se de minha irmã, inclinou-se como se fosse um bailarino prestes a se apresentar no teatro de *bolshoi*, e começou a dançar junto com ela.

Minha irmã era raquítica e branquela. Era o reflexo do meu pai em miniatura, exceto pela corcunda. Ela era feliz, talvez por ser criança e carregar a inocência da vida ou por viver em um mundo mágico em que coelhos da páscoa e o papai Noel realmente existem.

Fui até a cozinha para ajudar minha mãe. Meu pai odiava que o desobedecesse.

Mamãe era linda e adorava fazer guloseimas. Em casa sempre havia fartura, apesar da pobreza. A sensação que eu tinha era de que toda a renda de minha família era gasta em comida.

Lá estava ela. Bela e formosa.

Às vezes ficava tentando compreender como meu pai havia conseguido se casar com uma mulher tão bela — acho que na época eu já era uma vítima do complexo de Édipo. Mamãe era loira, tinha longos cabelos, que escondia por um lenço amarrado na cabeça. Ganhava alguns trocados passando roupas a quilo. O rosto era branco, onde os olhos azuis me lembravam o mar que nunca conheci, exceto pelas fotos. Usava sempre um vestido florido e barato. Mas acho que qualquer vestido que ela usasse iria ficar bem.

— Filho, como foi seu dia na escola? — Ela me perguntou, enquanto terminava de picar os legumes ao lado dos ovos cozidos, na qual fazia uma deliciosa mistura.

Sempre nos reuníamos em família para almoçarmos, e essa era a exigência de meu pai. Sabia que não adiantava falar meus problemas. Qualquer reclamação que eu fizesse para minha mãe ela pedia para que eu conversasse com meu pai, "Seu pai sempre toma decisões inteligentes", dizia ela.

— Foi legal. No que você quer que eu lhe ajude? — Perguntei, já sabendo a resposta daquele momento gastronômico.

—Você pode descascar os ovos cozidos? Cuidado que eles estão quentes. — Disse ela, enquanto amassava a batata, criando uma pasta, como se fosse fazer um purê.

— Filho, qualquer um pode ver em seus olhos que algo não está bem. Mas, deixe-me lhe dar uma boa notícia. Amanhã você irá pescar com seu avô.

Bem, essa era a parte boa, só que eu mal sabia o que estava prestes a me acontecer.

Meu avô era uma pessoa formidável e, diga-se de passagem, o homem mais honesto em que já conheci. Vivia com uma aposentadoria já deteriorada pelo governo, na qual era suficiente para sustentar a minha avó, que havia trabalhado por uma vida como empregada doméstica, enganada pelos patrões, e envelheceu sem direito a uma aposentadoria, que se não fosse pelo meu avô, ela teria morrido de fome.

O fato é que, meu avô, o "seu Freitas" como as pessoas o chamavam, era "o cara". Eu podia chegar na hora que eu quisesse na casa dele que sempre havia um refrigerante na geladeira me esperando. Aliás, ele tinha um pequeno barracão no fundo da casa dele, onde ele estocava refrigerantes para saciar o meu desejo e de minha irmã.

A notícia da pescaria que minha mãe havia me dito era mais do que uma boa notícia. Era sinal de que eu teria ao menos um final de semana longe de casa, ao lado de uma pessoa que me ouvia e que me compreendia, sem questionamentos, além, é claro, de me livrar da rotina de sábado de manhã de ir na igreja e depois ter que almoçar na casa da minha tia Odete — irmã de meu pai —, cabeleireira, casada com meu tio Valdir, que trabalhava em uma oficina de lanternagem. Meus tios representavam o lado bem-sucedido de minha família, e é claro, meu primo Cassio, um pentelho de 10 anos, que se gabava por ter um Atari (um dos primeiros videogames), e que não deixava ninguém jogar.

Nas tardes de sábado, geralmente eu ia com meu amigo Marcos, apelidado pela galera da escola de baiano (pela família ter vindo da Bahia), caminhar na orla do Rio Jacaré. Me sentia o verdadeiro Indiana Jones, à caça de um tesouro. Não me cansava de ir na biblioteca, que ficava na praça central da cidade, e adorava folhear as páginas de livros de história, que pudesse me revelar uma lenda ou quem sabe um mapa de um tesouro escondido em algum lugar inexplorado de Brotas. Não cansava de cavar nas proximidades de troncos de árvores (achava que as árvores mais velhas eram pontos de referência para algum tesouro), sempre em vão... De qualquer forma, eu estaria livre do medonho final de semana com meus tios e estaria ao lado de meu avô. Era mais do que um troféu.

— Enfim uma boa notícia! — Respondi enquanto colocava os ovos cozidos descascados juntos com a batata cozida.

Minha mãe sorriu. Ela sabia que eu não curtia a rotina de sábado, exceto pela parte da tarde.

Os domingos eram uma merda. Resumiam-se em ir na igreja de novo na parte da manhã e almoçar em casa. A tarde era dedicada à leitura, independente de eu estar de férias ou não. Meu pai chamava de tarde sagrada.

Minha mãe pegou os ovos e finalizou a salada de maionese, assim ela chamava o meu prato predileto, enquanto eu colocava os pratos na mesa.

O almoço foi tranquilo, meu pai sempre rindo com olhar apaixonado para minha mãe, que apesar de pobre, parecia uma lady quando sentava-se na mesa para se alimentar.

Rimos muito de minha irmã, que abria a boca cheia de salada de maionese no meio do almoço, tentando imitar o Kraken, um dos monstros que apareciam na história do capitão Nemo, cujos tentáculos eram capazes de enlaçar um navio de 500 toneladas. Eu dizia que ela parecia mais a Maria, com a boca cheia de doce, esperando para ser devorada pela Bruxa.

Após o almoço, como de costume, lavei a louça e fui com minha mãe fazer compras no supermercado, o que me custava uma tarde, pois minha mãe somava no papel tudo que ela pegava nas prateleiras antes de passar pelo caixa. No final, se a soma ultrapassasse o valor disponível, ela voltava e ia trocando os produtos mais caros pelos mais baratos, e, finalmente, riscando da lista os que eram supérfluos, fazendo com que o valor final se ajustasse à quantia que ela trazia no bolso. Isso levava horas.

À noite, cheguei em casa e caí na cama. Costumava ficar algumas horas refletindo sobre como ficar rico. Na minha imaginação valia tudo, caçar tesouros, jogar na loteria, me tornar presidente ou quem sabe um empresário famoso. No fundo, era uma forma de amenizar a dor de ficar para trás, enquanto meus amigos contavam aos quatro ventos que iriam estudar fora.

Como não me restava outra opção, tinha que aceitar meu destino, enquanto esperava por um milagre.

A boa notícia era que no dia seguinte eu teria um dia para poder pensar num plano junto com meu querido avô.

O que eu sequer tinha ideia era que o dia seguinte mudaria meu destino.

DIA DE PESCA

Antes que o relógio marcasse seis horas da manhã, já estava de pé, com minha tralha já arrumada, impulsionado por duas grandes razões: a primeira era escapar da igreja e a segunda de ver um Atari na minha frente e não poder jogar.

Amava os dias de pescaria, pois diferente da escola, nesses dias, eu podia me vestir do jeito que eu quisesse. Tinha o costume de calçar um coturno velho que meu pai havia ganhado de presente de um policial aposentado, e colocava a barra da calça jeans por dentro para não sujar de barro. Vestia uma camiseta velha, toda ferrada, e usava o chapéu de palha que meu pai usava para cortar cana. Não sei como explicar, mas aquele chapéu horrível parecia atrair os peixes.

Bem, a razão pela qual acordava tão cedo, era que a caminhada era longa até o local onde meu avô pegava carona com um amigo dele que ia trabalhar em um laticínio, que ficava bem perto do rio, porém a alguns quilômetros de distância de Brotas. Enquanto o amigo de meu avô trabalhava, nós aproveitávamos para pescar, e essa pescaria, na maioria das vezes, durava um dia todo. Retornávamos por volta de nove horas da noite, pois algumas vezes o amigo de meu avô se aventurava a pescar em nossa companhia ou saía para o meio do mato, para procurar xaxim do qual os extraia com raiz, e os plantava no quintal da casa em que morava, servindo de suporte para a coleção de orquídeas, que se orgulhava em ostentar.

O sol começava a despontar no horizonte, dourado, preguiçoso, como se estivesse acabado de acordar, em uma manhã de céu aberto. O clima estava perfeito para a pescaria.

Sabia que meu avô costumava a se atrasar um pouco, pois ele tirava as minhocas do fundo do quintal. Sempre as trazia fresquinhas, capaz de atiçar o apetite de qualquer peixe.

Estava sentado no portão de minha casa, quando vi meu avô dobrar a esquina, com jeitão esguio e passos firmes, caminhando em minha direção, trazendo as varas de pesca apoiadas no ombro. Eu carregava minha bolsa verde, feita de lona. Conferi o interior, antes que meu avô chegasse ao portão. Costumava levar uma lanterna, um canivete do MacGyver (protagonista de uma série na qual eu gostava de assistir na casa de Marcos sobre um agente secreto, que usava o canivete e o conhecimento para se safar de qualquer encrenca e nessas horas eu achava que meu pai tinha razão, de que o conhecimento era a maior conquista de um homem), e é claro, meu lanche: uma coxinha de padaria e um pão com mortadela. O refrigerante, é claro, ficava por conta de meu avô.

— Bom dia, Dário! E aí, animado para pescar? — Disse meu avô aproximando-se enquanto eu corri em sua direção, abrindo o portão enferrujado. O sol já havia raiado enquanto a cidade ainda dormia.

— Claro, tigre feroz! (Sempre chamava meu avô de tigre feroz, por causa de umas manchas que começaram a sair no braço dele, aquelas manchas que aparecem na pele de pessoas com mais idade. Quando fui perguntar para meu avô o que eram aquelas manchas, ele me respondeu que estava se transformando em um tigre feroz, daí o apelido, que com o passar do tempo, resumiu-se em tigre).

— Atrasei um pouco por causa das minhocas. Também estou trazendo um pouco de milho verde e pão para usarmos como iscas e lembrei de trazer a sua vara de pesca de estimação.

Sim, eu tinha uma vara de pesca de estimação, que meu avô havia ganhado de um cara rico, que ia pescar com frequência no Mato Grosso. Um dia, meu avô comentou que eu gostava de pescar e o amigo dele me presenteou com uma vara de Nylon, proporcional ao meu tamanho.

— Vamos, então! — Falei, enquanto pendurava minha tralha no pescoço e começamos a caminhar em direção ao ponto de encontro.

— Ontem foi seu último dia de aula, não foi Dário? E aí preparado para o colegial? — Perguntou, ajeitando o chapéu, enquanto dobrávamos a esquina que fazia fundo com o cemitério.

— Foi sim, Tigre. Só estou chateado, pois a maioria da galera vai estudar fora. E eu, por não ter condições, vou ficar. O que mais me irrita são meus amigos dizendo que eu não tenho futuro, pois quem quer ser alguém tem que sair para estudar fora. — Desabafei. — Já achava minha vida uma merda, agora, passar o resto da vida desse jeito, não seria fácil. Isso sem contar que tudo que falava com meu pai, ele usava como exemplo meu irmão.

O tigre feroz, diferente de meu pai, era um visionário. Só fui descobrir isso bem tarde.

— Seu pai ainda continua com essa mania de comparar você com seu irmão Ricardo? — Perguntou. A essa altura já tínhamos andado uns cinco quarteirões.

— Sim. Primeiro Deus, depois Ricardo, Letícia e aí vem o resto e nesse resto inclui eu, seu neto.

Meu avô sorriu. Hoje chego a pensar que os momentos de pescaria, talvez, fossem um artifício para me tirar da caverna de Platão que meu pai nos fazia viver. O que eu não sabia era que meu pai estava certo, só que na época eu não tinha maturidade suficiente para compreender que tudo o que ele queria era me proteger sob o calor das asas paternas, e meu avô sabia disso.

— Dário, seu pai quer o melhor para você. Ele está lhe oferecendo exatamente o mesmo que ofereceu para seu irmão. Não tenho a menor dúvida de que ele irá fazer o mesmo com sua irmã Letícia, basta você saber agarrar as oportunidades e se esforçar para conquistá-las.

De fato, o Tigre tinha razão. Meu pai havia encontrado uma fórmula de sucesso. Somente anos depois, descobri que o caminho para o sucesso é através do esforço e que dinheiro e fama não se colhe em árvores. São resultados de persistência e dedicação, esforço esse que naquela época eu não estava disposto a enfrentar. A maioria das pessoas opta pelo caminho mais fácil e nem sempre o "mais fácil" é o melhor caminho.

—Tigre, tem um detalhe que eu discordo nessa teoria. O fator de meu irmão ter feito sucesso não quer dizer que eu consiga. Por que eu não posso seguir um caminho diferente?

Meu avô riu. Ele gostava de me desarmar com respostas sábias.

— Simples. Estamos caminhando em direção ao ponto de encontro para pegarmos uma carona e irmos pescar. Se caminharmos em direção oposta não conseguiremos chegar em nosso destino. Mesmo que você me responda que o mundo é redondo e se dermos a volta caminhando em direção contrária, nós iremos chegar, eu lhes digo que não, pois com certeza não chegaremos no horário. Dessa forma são as oportunidades. Elas aparecem no tempo certo, desde que optemos pelo melhor caminho, e é isso que seu pai está fazendo. Ele está lhe mostrando o melhor caminho, para que você chegue em seu destino, no tempo certo.

Meu avô tinha razão, mas eu recusava aceitar a verdade.

— Por que meu pai com a inteligência que ele tem, prefere ser boia fria? Poxa, em casa nem televisão tem! — Desabafei, já avistando a nossa carona nos aguardando no ponto de encontro, que ficava perto do clube de campo de Brotas.

— Dário, seu pai optou pelo caminho da felicidade. Na casa de vocês não falta nada e eu não tenho a menor dúvida de que vocês são felizes com o pouco que tem. Vocês não passam fome, todos são saudáveis, a mãe de vocês é feliz ao lado do seu pai. Quanto à televisão, você há de concordar que um livro é muito melhor do que as notícias trágicas que vemos na tv. Raros são os canais de televisão que passam algum programa de qualidade. Parece que a programação é elaborada para deprimir. Comerciais que oferecem produtos, carros que não temos condições de comprar, novelas que incitam a violência, afloram a sexualidade e outros vícios torpes e não podemos deixar de lado as notícias, que geralmente é sempre sobre corrupção, tragédias ou assassinatos. Se quiser ver algo de bom, vai no cinema de vez em quando.

— É, Tigre. Agora sei a quem meu pai puxou. — Falei, enquanto via o senhor Wilson, amigo de meu avô, acenar com a mão.

Não me recordo de quanto tempo passou, mas depois que entrei no carro, meu avô começou a conversar com o senhor Wilson até chegarmos no laticínio e de lá seguirmos a pé até o rio.

Nesse trecho em que caminhei com meu avô até a margem do Rio Jacaré, era de costume meu avô me dar mil orientações para tomar cuidado na margem do rio, atenção para serpentes, e que se precisasse dele era só chamá-lo, pois sabia que ele tinha o costume de ir pescar em um lugar mais distante. A melhor parte era quando ele me dava o walkie talkie, que ele havia comprado. Às vezes chego a pensar que as pescarias eram uma forma de ele usar o walkie talkie que ficava guardado no fundo da gaveta.

Ao chegarmos, meu avô aproximou-se.

— Dário, pensei muito sobre o que você me disse. Já faz um bom tempo que tenho guardado um presente para você. Pensei em lhe dar quando você era criança, mas fiquei com medo de que você o perdesse. — Disse meu avô, enquanto estendia as mãos e me entregava uma pequena caixa.

Peguei a pequena caixa e a abri. Nela havia um pingente de um trevo de quatro folhas.

— É de ouro puro, meu neto. Tenho guardado esse pingente para você a um bom tempo. Só queria dá-lo quando você fosse maior e tivesse responsabilidade. O momento chegou. Espero que esse pingente lhe ajude a trazer a sorte que você precisa e o ajude a escolher o caminho certo. É de ouro puro, na verdade, uma herança de seu tataravô que morou na Irlanda. Está na nossa família há gerações.

Fiquei sem palavras.

— Obrigado, Tigre. Vou guardar e cuidar com todo carinho! — Respondi, enquanto via meu avô tirar do meio da tralha os walkie talks. Já sabia que ele iria se mandar para longe, a procura de um lugar sossegado e, se eu precisasse, era só chamá-lo. Essa era uma das partes divertidas da pescaria.

Meu avô me deixou com o walkie talkie e caminhou até desaparecer na curva do rio, entre a densa mata verde e árvores floridas. Sentei-me na margem. Coloquei a minhoca no anzol.

Estava feliz. Pela primeira vez em minha vida havia ganhado um presente de ouro.

Após algumas horas, o tempo fechou e começou a cair uma fina chuva de primavera. Incapaz de molhar, mas suficiente para fazer as mulheres chiques abrirem uma sombrinha ou correrem para alguma loja a procura de abrigo.

Estava envolto com natureza e o mais belo fenômeno óptico formavam-se diante de meus olhos. Um arco-íris. Cheguei a lembrar de meu pai que fazia decorar, não sei por qual razão as cores do espectro do arco-íris, e fugindo de meu controle, a sequência de cores reverberavam em meus pensamentos: vermelho, laranja, amarelo, verde, azul, o azul marinho (índigo) e o violeta (lilás ou roxo). Me senti um nerd idiota naquele momento.

Foi então que percebi que algo estava puxando minha bolsa de lona, onde estava guardado o trevo de ouro que havia acabado de ganhar.

A princípio, me assustei. Continuei imóvel. Naquele momento, tive duas ideias. A primeira era pular dentro do rio, porém não era tão plausível, pois meu avô dizia que as serpentes sabiam nadar. A segunda ideia, seria jogar meu corpo para o lado e correr em disparada pela margem, o que aumentava o risco de uma mordedura de cobra.

Às vezes o destino nos surpreende e nos oferece respostas incríveis para problemas que chegam a parecer insolucionáveis, e foi o que aconteceu naquele momento.

Por sorte, e hoje essa é uma palavra que tenho medo de usar, eu estava com minha isca de pescaria, o milho verde cozido, que meu avô, com toda a paciência de um monge tibetano, retirou grão a grão da espiga e o colocou em um pote de vidro, o mesmo pote que estava sobre a grama e pela qual pude perceber pelo reflexo uma pequena criatura, verde, com orelhas pontudas, e que tentava de forma sorrateira, roubar o trevo de ouro que havia acabado de ganhar de meu avô.

Me arrependi de não ter saído correndo. Acho que na época era a melhor decisão que devia ter tomado, mas o meu lado ganancioso falava mais alto. Recordei-me dos livros de mitologia que meu pai me forçava a ler e, é claro, da célebre frase de que no final de um arco-íris existe um pote de ouro e se um duende for capturado, a liberdade dele pode ser negociada em troca do pote de ouro. Eu estava pouco me lixando pelo pote de ouro. Sabia que se eu cobrasse para as pessoas que o quisessem vê-lo, eu poderia faturar uma fortuna e vendê-lo me tornaria milionário.

Parecia que o pingente de meu avô estava me trazendo sorte.

Naquele momento eu era um moleque ferrado na vida, cheio de ambições e que os olhos de meu pai oscilavam que nem o pêndulo de um relógio ou para meu irmão ou para minha irmã. Talvez aos olhos de minha mãe eu tivesse algum valor, mas jamais a vi desafiar meu pai para me defender.

O fato era que acabava de surgir diante de meus olhos uma oportunidade sonhada por qualquer pessoa, porém eu sei que uma criança normal sairia correndo, e eu já citei que era isso que eu devia ter feito, mas não foi o que aconteceu.

Meu coração acelerou. Eu era capaz de sentir a adrenalina circulando em meu sangue. Só conseguia pensar no pote de ouro no final do arco-íris. Eu tinha que capturar aquele duende que tentava roubar a única joia de ouro que eu acabara de ganhar na trajetória desprezível de minha vida.

O reflexo no vidro de iscas o denunciava, o que já era o primeiro sinal de que os duendes ou são idiotas, ou são extremamente desatentos, exceto, é claro, quando o assunto envolve quantias de ouro.

Pouco abaixo de minha vara, havia um puçá para peixes, que meu avô havia feito usando um cabo de vassoura com um aro de aço, onde havia uma rede de nylon. Era o suficiente para que eu usasse para capturar aquele ser insignificante.

Com movimentos lentos, baixei a vara de pesca, fincando-a no solo úmido, numa parte que a grama não havia brotado, e consegui alcançar o puçá que com cautela o trouxe ao meu lado, sem tirar os olhos do reflexo, que mostrava o duende, usando da mesma cautela que a minha, tentando abrir minha bolsa para retirar o trevo de ouro. A diferença era que eu era bem mais esperto.

Bem, não sei como encontrei forças para tomar a atitude de enfrentar o desconhecido. Algumas pessoas são movidas pela coragem, outras pelo medo. Eu acho que naquele dia o que eu sentia era uma mistura dos dois.

Empunhando o puçá, virei de supetão.

Sabia que a criatura iria tentar sair correndo, e foi o que aconteceu... Só que ele não conseguiu ser mais rápido do que o puçá que meu avô havia feito, que em um golpe único o aprisionou em uma rede de nylon entrelaçado.

A primeira impressão que tive foi de que eu havia capturado um javali numa rede.

Aquele duende se debatia de um lado a outro tentando escapar. Só que era pior, pois quanto mais ele se movimentava, mais ele se entrelaçava na rede.

Me aproximei daquele ser estranho com cautela. Acredite se quiser, meu medo naquele momento era de levar uma mordida, pois ele se virava de um lado a outro e se debatendo ao tempo que soltava um grunhido, o que me levava a ter mais cautela, como se tivesse capturado um animal parecido com um javali, até que ele percebeu que não adiantava se debater.

— Solta-me! Humano inútil ou eu te amaldiçoarei a você e os teus, que hão de queimar no inferno. No inferno, eu juro.

— Praguejou, como se estivesse tentando lançar um feitiço ou uma maldição.

Às vezes tento compreender de onde tiramos a coragem em determinados momentos. Fiquei assustado, sim. Havia acabado de capturar uma "coisa", que estava tentando roubar minha única joia que havia conquistado por mérito próprio, e aquele animal falante ainda queria me amaldiçoar, bem como a minha família.

Foi nesse momento que o observei melhor. Nunca tinha visto uma criatura tão horrenda e esquisita ao mesmo tempo. Aquele "serzinho" desprezível, e extremamente perigoso, devia ter pelo menos uns quarenta centímetros de altura, tinha orelhas longas e pontiagudas — chegando a parecer antenas — que destacavam-se da cabeça. As mãos e os pés eram grandes, desproporcionais ao resto do corpo. A boca quase que emendava com a orelha e os olhos eram parcialmente tapados por um pano escuro, eram bem próximos do nariz pontiagudo. Não posso me esquecer do abdome, que parecia aqueles bebuns em fase terminal de cirrose.

—Você aparece aqui, tenta me roubar e depois quer me amaldiçoar? Eu não tenho medo de você. Pelo contrário, se eu estivesse na situação que você está eu tomaria cuidado com minhas palavras. — Disse pressionando com os pés a base do puçá.

Ele percebeu que eu não iria soltá-lo. Parou de se debater, talvez tentando recuperar a energia ou quem sabe tentando elaborar um plano de fuga.

— O que você quer para me soltar, seu insolente! Menino Insolente. — Falou, enquanto tentava libertar uma das mãos desproporcionais presas no nylon entrelaçado.

Sabia que se eu o libertasse, eu perderia a maior oportunidade de minha vida, mas tê-lo como meu prisioneiro, meu destino poderia mudar-se por completo.

— Depende do que você tem para me dar! — Disse a ele, mal sabendo que com esta frase eu havia dado o primeiro passo para dentro de um labirinto com seus nove círculos, e sem volta.

PRIMEIRO CÍRCULO
FÉ

Já vi muitas pessoas perderem fortunas em nome da fé e enriquecerem templos religiosos que são verdadeiras organizações criminosas, atuando em nome de "Deus" e sugando dinheiro de seus fiéis como as areias escaldantes de um deserto absorvem uma gota d'água. Com toda certeza, se me perguntarem qual é a minha religião, lhe direi que graças a Deus sou ateu. Sabemos que verdadeira fé vem de nosso coração e a realização de nossos desejos, vem da simplicidade, da pureza em acreditar que qualquer sonho pode ser realizado. Vai depender de cada um se esforçar e acreditar na realização daquilo que sonhou. O somatório dessa energia transforma sonhos em realidade, e a realização é questão de tempo quando temos nosso ideal em mente, mas isso não era o que eu pensava naquela época. Eu queria o sucesso, a fortuna e a felicidade pelo caminho mais fácil e a chave estava em minhas mãos.

Às vezes, chego a pensar que minhas teorias estavam erradas, pois naquela época eu pensava que se alguém ganha na loteria, essa pessoa pulava todas as etapas para ser bem-sucedida. Eu estava errado, pois já vi milhares de ganhadores de prêmios exorbitantes perderem tudo e ficarem na merda, e pior, por terem tido a oportunidade saborear o luxo, ter que voltar a estaca zero era a pior das condenações.

Quando eu perguntei para aquele "serzinho em miniatura" mau humorada e sem escrúpulos, o que ele tinha para me dar, ele simplesmente sorriu, mostrando alguns dentes de ouro. O sorriso daquela criatura, confesso que foi diabólico. Um sorriso que conseguia interligar de forma maquiavélica as duas orelhas. No primeiro momento, tive vontade de sair correndo e deixar aquela criatura escrota para trás, só que minha ambição falava mais alto.

— Eu posso colocar o mundo em tuas mãos e as pessoas em seus pés, em troca de minha liberdade. Mas um pacto dos nove círculos precisa ser selado. Um pacto. — Falou, já sem se debater.

Pergunto-lhe se um dia você estiver diante de uma escolha bem simples. Você acredita que não tem nada, que sua vida é uma merda, e seu futuro resume-se em uma perspectiva sombria. Aí lhe surge uma oportunidade de sucesso e fortuna. Qual decisão você irá tomar?

A resposta é simples, só que eu era inocente demais para compreender que haviam condições ocultas que me transformariam no senhor do mundo, e esse foi meu maior e grave erro.

— Eu quero o mundo! Quero ser a pessoa mais rica de todo o planeta e que todos saibam quem eu sou. Eu aceito o seu pacto, desde que você esteja comigo o tempo todo.

O duende riu. Por toda minha vida, irei lembrar daquele riso medonho. Eu acabara de cometer o pior erro que um ser humano pode cometer.

—Você aceita o pacto? Aceita?

— É claro que aceito, ou essas orelhas grandes que você tem não prestam para ouvir?

—Vamos selar o pacto, então. Selar. — Respondeu ele, colocando o dedo gigante na boca e o mordeu fazendo escorrer um filete azul luminescente. Aquilo era o sangue daquela criatura.

— Rápido, trato precisa ser selado. Pega sua lâmina e corta seu dedo. Corta, Pacto.

Naquela altura, eu sequer imaginava como ele sabia que dentro de minha bolsa tinha um instrumento cortante. Retirei o canivete da bolsa e fiz um corte em meu polegar. Doeu, uma dor insignificante perto do que eu estava para enfrentar.

Na hora que ele viu meu sangue, aquilo parecia excitá-lo.

Cheguei até a lembrar do dia que meu tio Valdir levou o gato no veterinário para tirar um anzol que estava enroscado na boca, consequência de uma brincadeira de mau gosto de algum vizinho desumano que jogou um peixe com anzol enroscado no quintal do meu tio. O veterinário colocou uma máscara no gato liberando algum tipo de gás, que o deixou excitado e sonolento. Uma mistura de sensações de dor e prazer. Bem, foi mais ou menos assim que o duende ficou na hora que encostei meu dedo ensanguentado no dedo dele. Um juramento de sangue, que envolvia o sobrenatural e o inexplicável.

Ele estendeu a outra mão, e me entregou o pingente de ouro que meu avô havia me dado.

— Ele é seu por direito. Use-o. O pacto está selado, e quando precisar é só esfregá-lo que eu aparecerei. Esfregá-lo.

Disse aquela criatura que em uma explosão de cores e partículas coloridas desapareceu, deixando apenas a rede de nylon do puçá sobre a grama verde.

Olhei para o rio tentando entender. Cheguei a acreditar que eu estava sonhando, mas meu dedo latejava e uma coloração roxa havia formado, resultante da mistura do sangue azul daquele ser esquisito com o meu.

Coloquei o pingente em meu pescoço, até que atenção foi tomada pelo walkie talkie.

Era meu avô.

— *Dário, como está por aí? Aqui só estão roubando minha isca.* — Perguntou meu avô. Mal sabia ele sobre o que havia acabado acontecer.

— Está tudo tranquilo, Tigre. Parece que os peixes estão fugindo. — Respondi enquanto limpava meu dedo sujo de sangue em minha calça.

Para minha surpresa, assim que limpei meu dedo e tirei aquela gosma arroxeada, o corte havia parado de sangrar, deixando apenas uma cicatriz.

— *Estou pensando em voltarmos mais cedo para casa, Dário, já que não estamos pescando nada. Estou com vontade de tomar um caldo de cana na volta. O que você acha?*

Olhei para o céu. Devia ser mais ou menos onze horas, pois o sol estava quase a pique. Sabia que pelo tempo que já havia passado, havia conseguido me livrar de ir à igreja e que, pelo horário, meus pais deveriam estar na casa de minha tia Odete, para o almoço, enquanto meu primo Cassio, uma criança criada por pais normais, devia estar jogando algum jogo no Atari, e, é claro, que não me deixaria sequer colocar a mão. A pescaria ainda era a melhor solução, além é claro que eu precisava conferir se tudo o que havia acontecido era real ou uma alucinação. Olhei mais uma vez para minha mão, a cicatriz estava lá. O puçá caído no chão, no local em que eu havia capturado aquela criatura. Foi então que observei, próximo de minha bolsa, pegadas deixadas por uma criatura pequena, a mesma que havia tentado me roubar. O pacto havia sido real. Eu só não compreendia o significado dos nove círculos que se tornariam em um labirinto sem saída de minha vida.

Peguei o walk talkie. Pressionei o botão.

— Tigre? Você está na escuta?

— *Sim, Dário. Na escuta! E aí, quer arriscar e ver se a sorte nos favorece ou prefere voltar?* — Perguntou meu avô, com a voz distorcida pelo walk talkie barato.

— Tigre, o que você acha de mudarmos de lugar, já que aqui está meio complicado? — Perguntei, já percebendo que a meleca roxa que havia esfregado na minha calça havia desaparecido.

— *Positivo, Dário. Um amigo meu disse que na última vez que veio aqui, cansou de pescar lambari a uns quinhentos metros de onde estou. Você vem até aqui ou quer que eu vá a seu encontro?* — Perguntou meu avô.

Eu não podia deixá-lo ver as pegadas, também sequer contar o que havia acontecido para ele. Se eu o fizesse, com certeza seria enviado para o hospício mais próximo, que no caso de Brotas, situava-se a 50 minutos de minha cidade, em Jaú-SP.

Juntei minha tralha de pesca, sem, é claro, escorregar e atolar o pé no barro na margem do rio. Nessas horas gostaria de ter uma bota impermeável, um produto que meu pai jamais teria condições de comprar.

O arco-íris havia desaparecido, e, é claro, eu havia ficado sem meu pote de ouro. Tudo baboseira, essa porra de história de pote de ouro no final do arco-íris, pensava enquanto caminhava em direção ao encontro de meu avô.

Meus pensamentos fervilhavam sobre o que havia acontecido. Se eu contasse mesmo para Marcos, meu melhor amigo, ele iria rir por horas da minha cara.

Até que avistei meu avô, que estava ao lado de um arbusto, enquanto juntava a tralha de pescaria.

Ao me aproximar, fiquei paralisado de medo. Tentei gritar, mas a voz não saiu.

Preparada para dar o bote ao lado de meu avô, havia uma jararaca, que em um movimento certeiro deu o bote mordendo a perna de meu avô, que após assustar-se afastou-se retirando de sua tralha uma velha garrucha carregada.

Com as mãos trêmulas ele deu um disparo, que estourou a cabeça da cobra, enquanto o corpo da serpente debatia sobre a grama, de um lado a ao outro.

Meu avô sentou-se.

Corri em direção de meu avô,

— Tigre, você está bem? — Perguntei com a sensação de que meu coração iria saltar pela boca.

Meu avô ergueu a barra da calça, onde podia-se observar dois pontos sangrantes, a alguns centímetros abaixo do joelho. O Local da picada começava a avermelhar.

Ele retirou o cinto da calça e o apertou à alguns centímetros acima do joelho.

Meu avô me olhou. A expressão de felicidade desaparecera por completo. O olhar implorava por socorro.

— Dário, preciso que você corra até o asfalto, pare o primeiro carro e peça socorro. Não sei se vou sobreviver. — Disse meu avô, enquanto eu pude perceber que a boca dele se enchia de de sangue pelo sangramento na gengiva e os olhos começavam a ficar vermelhos.

Ele tentou se levantar, mas rodopiou e caiu ao lado do corpo da serpente que se contorcia, em seus últimos movimentos.

— Dário, não vou conseguir... — Falou, mostrando os olhos que ficavam vermelhos e começava a sangrar. Foi a primeira vez que vi uma pessoa chorar sangue.

Acredito que em situação de desespero, todos temos o nosso lado heroico, mas confesso que por mais que procurasse, parecia que esse lado estava adormecido dentro de minha personalidade.

Eu precisava salvar o Tigre. Meu grande e verdadeiro amigo, mas quando o vi sangrar do jeito que ele sangrava, comecei a perder as esperanças.

Corri desesperadamente pela margem do rio, em direção à estrada, deixando o Tigre para trás. Meu grande avô, o senhor Freitas, um exemplo de pessoa, que se consumia vitima de uma mordida de serpente.

Corri em direção a pista, na tentativa desesperada de que alguém parasse para poder prestar socorro a meu avô em uma rodovia com pouco movimento, ainda mais no final de semana.

Os primeiros caminhões, passavam e os motoristas apenas me olhavam, como se eu fosse uma criança doida, que pulava de um lado a outro, gritando por ajuda. É impressionante, encontrar alguém que lhe ofereça ajuda no momento em que mais se precisa.

Isso sem contar os que sequer olhavam para você e enfiavam a mão na buzina, imaginando que você fosse algum doido, com a intenção de se matar.

E assim, passava o quarto, o quinto, sexto... décimo veículo (a essa altura eu pouco me importava se era caminhão ou carro, desde que prestassem socorro); uma sucessão de motoristas e nenhum se importava com uma criança desesperada na beira da pista, implorando por ajuda.

Não pensei duas vezes. Eu precisava chamar atenção para fazer alguém parar e socorrer meu avô.

Retirei de minha bolsa meu canivete do MacGyver. Rasguei minha camisa e fiz um corte superficial em meu braço, mas que vertia bastante sangue e comecei a me lambuzar com meu próprio sangue. Eu precisava chamar a atenção, dando um motivo justo para que alguém parasse.

Me deitei quase que no meio da pista, de forma que era impossível que alguém não me visse.

Um frio circulava pela minha barriga, pelo medo de que algum doido me atropelasse, mas eu não tinha escolha.

Por sorte meu plano deu certo. Um caminhoneiro ao ver uma criança ensanguentada, caída na estrada, atravessou o caminhão no meio da pista, fechando-a para me socorrer.

Vi que a porta do caminhão se abriu. No capô vermelho destacava-se uma águia ou falcão de prata. A porta tinha um adesivo branco de um raio.

Naquela altura, eu rezava para que o motorista saísse logo, pois minha costa já começava a fritar sob o asfalto quente.

Um homem gordo, barbudo e com cabelo comprido usando óculos de sol com lentes amarelas, saiu do caminhão. Vestia uma calça jeans com uma camiseta preta — de uma banda de rock pouco conhecida —, com um crânio humano estampado. Um dos braços brancos e gordos, exibia uma tatuagem de Cristo, com a coroa de espinhos.

— Ei, moleque! Está tudo bem? — Perguntou enquanto se aproximava.

O calor a essas alturas já estava insuportável. Sentei no asfalto quente e desabei a chorar. Uma criança que precisava de alguém que o ajudasse a socorrer o avô vítima da picada de um animal peçonhento.

Antes que eu tivesse a chance de pronunciar outra palavra, vi que uma linda mulher se aproximou do caminhoneiro. A princípio ela estava puta. Tive a sensação de que ia partir para cima do motorista — que era quatro vezes maior do que ela —, por ele ter fechado a pista. Foi então que ela me viu e ficou sem graça. Ela havia entendido o porque o caminhoneiro havia trancado a pista.

— Meu avô foi picado por uma cobra. Ele precisa de socorro! Por favor, tive que me sujar de sangue para que alguém parasse para que eu pudesse pedir ajuda.

A mulher ficou parada, ela não entendia nada. Lembro que ela era uma mistura de Julia Roberts com Angelina Jolie.

— Onde está seu avô, moleque? — Perguntou o caminhoneiro, olhando para o lado, enquanto a bela mulher retirava o celular da bolsa.

— Lá embaixo, na margem do rio. Saímos para pescar, e quando nos preparávamos para ir embora, uma jararaca o mordeu. Pelo amor de Deus, preciso de ajuda.

A mulher olhou para o caminhoneiro.

— Precisamos pedir ajuda. Vou ligar para a polícia e pedir socorro. A propósito, qual o ponto de referência desse lugar para que a polícia consiga chegar. — Disse a mulher olhando para o caminhoneiro.

O motorista do caminhão ergueu os ombros e olhou para mim.

—Você é surdo, moleque? — Diz pra moça onde é que nos estamos que ela vai chamar a polícia e eu vou lá com você ajudar seu avô, só que antes tenho que retirar o caminhão da pista.

Eu olhei para o caminhoneiro enquanto apontava o dedo a alguns quilômetros a frente, onde podia se ver uma construção branca, próxima a uma lagoa.

— Estamos perto do laticínio de Brotas.

A mulher discou para a polícia enquanto o caminhoneiro foi até o caminhão e o estacionou no acostamento, liberando alguns carros com pessoas curiosas que passavam e me olhavam, como se estivessem vendo um fantasma e seguiam viagem.

Enquanto a mulher falava com a polícia, segui acompanhado pelo caminhoneiro obeso, que apesar do peso, dava conta de caminhar com rapidez.

Após alguns minutos, chegamos no local, e encontramos meu avô na mesma posição em que ele havia ficado, com uma diferença. Era nítido o tanto que ele havia piorado. O rosto estava coberto de sangue. Ele sangrava pelos olhos, pelo nariz e pela boca. Talvez na tentativa de limpar-se acabou esfregando o sangue pelo rosto. Respirava com dificuldade.

— Tigre, por favor, fala comigo! Pelo amor de Deus! — Implorei, ajoelhado ao lado de meu avô, incapaz de conter as lágrimas que vertiam de meus olhos.

Queria meu melhor amigo de volta, poder pescar com ele outra vez e contar histórias, além é claro de ouvir os bons conselhos de um grande homem.

O caminhoneiro me empurrou para trás, ajoelhou-se do lado de meu avô.

— O senhor está me ouvindo? — Disse com a voz grossa, enquanto o braço com a tatuagem de Cristo, balançava de um lado a outro do caminhoneiro sacudindo meu avô vendo se ele reagia.

Não reagiu.

Respirava com dificuldade e ainda que eu tivesse quinze anos, podia perceber que estava perdendo meu avô se ele não chegasse depressa em um hospital.

Bem, aquele homem gordo e forte, me surpreendeu, quando ele se abaixou e carregou meu avô no colo, sem preocupação em sujar-se de sangue.

Ao levantar meu avô, ele viu o que havia sobrado da peçonhenta serpente.

— Moleque, pega o resto da cobra. Isso vai ajudar o médico a saber que tipo de cobra que era e irá poder ajudá-lo a escolher o soro certo.

Me aproximei da jararaca com a cabeça estourada e a segurei. Senti as escamas e a pele pegajosa em meu dedo. Descobri naquele momento o verdadeiro significado de sangue frio.

O caminhoneiro, seguiu com meu avô nos braços até a estrada. O rosto dele corria suor, mas ele mantinha seu ato de heroísmo, enquanto eu carregava a serpente.

Ao chegarmos na estrada, senti uma certa sensação de alívio, quando vi a viatura da polícia rodoviária estacionada. Preferia uma ambulância, que pudesse fazer algo pelo meu avô.

Um policial usando um bigode, vestindo uma farda marrom, parou de falar com a mulher e se aproximou. Ele vestia a farda típica da polícia destacada pelo colete cinza a prova de balas.

Assim que viu meu avô ele abriu a porta da viatura.

— Rápido, coloquem ele aqui. Já mandei avisar o hospital lá em Brotas que irá recebê-lo. É esse o menino que está com ele? — Perguntou o policial, sem tirar os olhos de mim, que naquele momento, custo a recordar qual era minha aparência.

A mulher e o caminhoneiro consentiram.

— Venha garoto, vamos levar seu avô até o hospital e rápido, pois não sei não... — Falou o policial, com a expressão angustiada ao ver o estado em que meu avô se encontrava.

A bela mulher se aproximou e pegou minhas mãos.

— Menino, eu vou te encontrar lá no hospital. Vou comunicar a imprensa para fazerem uma reportagem sobre seu ato de coragem em salvar seu avô.

Em minha mente passavam um turbilhão de pensamentos. Queria acordar daquele pesadelo, e meu maior desejo era ter o Tigre de volta.

Em menos de quinze minutos, chegamos ao hospital e meu avô foi levado direto para a sala de emergência.

Meus pais não tardaram a chegar. Tive que explicar o que havia acontecido, é claro, depois de ter meu braço "costurado".

O que chamou a atenção foi que meu pai agia com naturalidade diante da notícia de saber que o próprio pai corria risco iminente de vida.

Naquele dia, aprendi minha primeira grande lição, enquanto as horas passavam e eu orava em silêncio para meu avô se recuperar. Minhas esperanças diminuiriam quando soube através de meu pai um segredo que o Tigre jamais me contou, de que ele sofria de uma doença rara, que alterava a coagulação sanguínea. Isso explicava o por que ele havia sangrado tanto.

A mulher da estrada também estava na recepção, e tentava acalmar minha mãe que desabava em um choro contínuo. Ela sim parecia sofrer bem mais que meu pai.

Às vezes, chego a pensar que papai tentava mostrar-se forte ou talvez fosse espiritualmente elevado a ponto de suportar situações que colocam em xeque os limites de resistência psíquica de qualquer humano, ou quem sabe aquela fosse a forma em que meu pai sofria em silêncio.

A recepção do hospital era pequena. Fomos proibidos de entrar.

Já se aproximava de quatro horas da tarde, quando vi o médico chamar meu pai para conversar.

Meu pai continuou do mesmo jeito, calado, e voltou a sentar.

Fui até a capela do hospital.

E engraçado, de joelho em frente ao pequeno altar, em frente a Ele, me arrependi amargamente de não ter ido à igreja. Não que eu fosse uma pessoa religiosa, mas, um dia a mais na igreja e o almoço monótono na casa de meu tio, poderiam ter evitado o desastre que havia ocorrido. Me impressiono com a capacidade que temos de tomarmos decisões a todo instante, decisões que sequer sabemos que podem mudar o curso de nossa vida e que cada minuto e a escolha certa fazem a diferença.

Voltei à recepção e nada havia mudado. Meu pai sentado na cadeira, cabisbaixo com as mãos na fronte, minha mãe conversando com a mulher da estrada e minha irmã... Ah minha irmã, minha doce e amada Letícia... Essa sim não sofria ou era incapaz de compreender a gravidade da situação e corria de um lado a outro com outra criança que a mãe insistia em afastá-la de minha irmã, pois afinal, éramos pobres e crescemos com as pessoas se afastando de nós, mas a inocência Letícia era incapaz de perceber.

Minha sorte havia mudado, não da forma que eu queria. Descobri naquele dia que a fé não passa da projeção de nossas ambições mais profundas e a realizá-las depende do quanto acreditamos, caso contrário estaremos no limbo.

Meu avô morreu, minutos depois.

SEGUNDO CÍRCULO
HUMILDADE

Um novo dia havia amanhecido. Meu pai havia me deixado na casa de meu tio Valdir e de Minha tia Odete, pois ele achava que passar a noite no velório que ficava ao lado do hospital, não era uma situação típica para crianças. Minha tia foi orientada para nos levar apenas no horário do sepultamento que estava agendado para as 10 horas da manhã.

Não sei dizer quanto foi longa a noite que meu pai esteve no velório, ou se ele chegou a chorar. Acredito que não, pois como disse ele sofria de uma forma diferente.

Já meu tio Valdir, quando soube da notícia, quase desmaiou e pela primeira vez eu vi ele chorar.

Na casa de meu tio, o que me surpreendeu foi meu primo Cássio me chamar para jogar videogame e acreditem, eu recusei; o que espantou meu primo, que após a oferta ganhou um beliscão de minha tia que dizia: "Agora não é hora para jogo".

Vesti minha roupa, com as costas ardendo por causa de ter ficado deitado no asfalto. O médico havia passado uma "loção" para queimaduras, que aliviava na hora e depois voltava a arder. Já Letícia, havia acordado sorridente e feliz, dizendo que o vovô Freitas havia ido para o céu encontrar a vovó Alice (minha avó que não cheguei a conhecer).

Após nos arrumar e tomarmos café, por volta de 9 horas, saímos da casa de minha tia direto para o velório. Não sei dizer o que era pior, ter que vestir a roupa que usava para ir na igreja no sábado para ir ao sepultamento de meu avô — que soava como ironia, pois se eu tivesse ido rezar, meu avô poderia estar vivo — ou saber que era minha última oportunidade em ver o Tigre de perto. As duas opções eram dolorosas.

Quando minha tia parou o carro, perto do velório, vi que haviam diversos carros da televisão no local.

Cheguei a pensar que uma pessoa importante havia falecido na cidade, já que o velório local costumava velar mais de uma pessoa no mesmo lugar. Sei que foi um pensamento idiota, pois é obvio que se alguém importante tivesse falecido ele seria sepultado em um local nobre, talvez na biblioteca da cidade que ficava na praça Amador Simões.

Assim que saí do carro, os repórteres correram em minha direção.

"Olha o menino! É aquele ali!"

Eles tropeçavam entre si em um alvoroço sem igual. Eu mal havia saído do carro e eles se aproximaram.

Minha tia Odete não compreendia o que estava acontecendo, e confesso que nem eu, até que um repórter se aproximou, enquanto uma mulher na qual eu nunca vi em minha vida, ajeitava minha camisa e meu cabelo.

— Estamos falando diretamente da cidade de Brotas, uma cidade pequena no interior do estado de São Paulo. Sabemos que não se encontram heróis em qualquer parte, mas, desta vez, achamos um jovem herói, de 15 anos, que apesar de seus esforços somado à falta de humanidade de diversos motoristas que passaram por ele enquanto pedia socorro para ajudar a salvar a vida do avô que havia sido picado víbora venenosa; ninguém o ajudou. Este menino, teve que se mutilar, lambuzar-se com o próprio sangue e arriscar a vida deitando-se no meio de uma das pistas movimentadas que faz ligação entre importantes cidades como Bauru, São Carlos e Jaú, sem dizer, que é rota de acesso para outras grandes cidades como Campinas, Ribeirão Preto, Marília e São Paulo. Por sorte, o motorista José Fagundes, fechou a estrada com o próprio caminhão, para socorrer a criança, e foi surpreendido por um pedido de socorro inusitado. O jovem, deitado no asfalto, implorava para que ajudasse a salvar o avô, que infelizmente, por sofrer de uma doença crônica não suportou o letal veneno da serpente e veio a falecer. Estamos aqui com pequeno herói, Dário Montgomery, que arriscou a vida por uma nobre causa, que nos põe a refletir sobre onde está a humanidade das pessoas? Talvez se alguém tivesse atendido o pedido de socorro deste menino, esta história teria um final feliz.

No momento em que o repórter havia falado meu nome de forma errada, antes que eu abrisse a boca, a mulher que ajeitava meu cabelo sussurrou em meu ouvido:

"Ele achou melhor chamar você de Dário Montgomery, do que Dário Montes Gumercino. Fica melhor na televisão".

— Dário, lamentamos pela perda de seu avô, mas achamos importante que você deixe uma mensagem para aquelas pessoas que passaram por você enquanto pedia socorro. O que você tem a dizer? — Falou o repórter, quase enfiando o microfone em minha boca.

— Não quero em hipótese alguma culpá-las. Cada uma teve a sua razão para não parar. Se eu tivesse idade para dirigir e visse um menino acenando com a mão em uma estrada, jamais iria imaginar que ele pudesse estar pedindo socorro. Talvez nem eu parasse. — Respondi enquanto um grupo de pessoas juntava ao meu redor.

— E quanto tempo você ficou na estrada implorando por socorro? — Perguntou o repórter.

— Meus pais nunca tiveram dinheiro para me dar um relógio. Eu apenas ganhei livros. Mas calculando o tempo quando olhei para o sol e o momento em que fiquei deitado no asfalto quente, acho que foi quase uma hora.

O repórter me abraçou, e curvou-se ao meu lado, se igualando em altura.

— Você disse que se deitou no asfalto escaldante. Foi isso que ouvi?

— Sim. Fiquei desesperado, pois ninguém queria parar e me ajudar. Não queria que meu avô morresse e eu precisava salvá-lo.

— E quanto tempo você ficou deitado no asfalto quente, Dário?

— Não me lembro com exatidão. Eu só queria que alguém parasse. Talvez uns quinze minutos deitado. Estava insuportável, mas não podia levantar se não ninguém iria se importar.

O repórter inclinou a cabeça em condolência e me abraçou.

—Vocês estão vendo? Olhem para isso! Quinze minutos deitado no asfalto quente, tentando chamar a atenção de alguém para que socorresse o avô. E seu braço, o que houve com ele?

Olhei para o lado, e os curiosos começavam a chegar, esvaziando o velório de meu avô.

— O médico teve que costurá-lo. Eu o cortei com meu canivete e me sujei com o sangue. Achei que fazendo isso e deitando na pista, alguém iria achar que eu havia sido atropelado e iria parar para me ajudar. Foi a melhor ideia que encontrei depois de diversas tentativas frustradas para que alguém parasse.

Eu olhava para as pessoas e não entendia. Tudo o que eu queria naquele momento era me despedir de meu avô.

O repórter que me entrevistava, olhou para câmera.

— Senhores e senhoras; telespectadores… Hoje, nesta pequena cidade, descobrimos que não precisamos ter idade para nos transformarmos em herói. Estamos diante de um adolescente, que nos mostrou ter um valor imensurável, e ignorando a dor, o asfalto quente, martirizou-se a procura de alguém que pudesse socorrê-lo. Sabemos— disse virando em minha direção e me abraçando — que esse menino mora em uma casa humilde, de poucos recursos. Sequer ele tem uma televisão em casa. Nós descobrimos, Dário, que seu sonho é estudar fora de Brotas, em um bom colégio, pois você é um menino bom, que almeja um futuro. Também fomos em sua casa e sabemos o tanto que você gosta de ler (essa parte eu sabia que havia sido forçada. Eu gostava de ler, mas meu pai também me pressionava) e ficamos de queixo caído quando vimos os livros que você devorou. Antes de você chegar sua mãe nos levou até sua casa e nos mostrou a sua estante (Mais uma vez ele mentiu. A estante era de meu pai, mas repórteres são repórteres e fazem de tudo para vender seu peixe). Eu já estava de saco cheio daquela entrevista. Não queria ficar ali, desperdiçando meu tempo. Precisava me despedir de meu avô. Jamais retornaria a vê-lo e meu coração doía por ter aceito o convite da pescaria. Talvez se eu fosse mais esperto e tivesse conseguido socorro o quanto antes, meu velhinho ainda estaria vivo. Mas não foi o que aconteceu.

Para meu alívio, vi meu pai se aproximar, empurrando os repórteres de outras emissoras de TV que também queriam conversar comigo.

O tamanho de meu pai o ajudou a passar por entre as pessoas. Ele era um gigante. Só não era maior por causa da corcunda. Talvez aquela havia sido uma das poucas vezes que vi meu pai agir com certa brutalidade. Eu chegava a comparar meu pai com um tal de Dr. Spoke, do livro de ficção Star Trek pela qual era apaixonado.

Ele empurrou as pessoas como se fossem pés de cana prestes a serem cortados — e essa habilidade dele era incontestável — e me segurou pelo braço saudável.

—Vocês me deem licença que meu garoto precisa vir comigo. Peço a vocês que se afastem e respeitem o último momento de meu filho para se despedir do avô. — Disse meu pai, enquanto me puxava do meio daquele monte de gente.

Mas antes que eu saísse o repórter cochichou em meu ouvido.

— Ei, menino, você tem uma sorte do caralho! A mulher que lhe ajudou na estrada é senadora, e ficou sensibilizada com sua história. Você tirou a sorte grande, hein! Se prepara, meu, que tua vida vai mudar. Isso é só o começo!

A medida que meu pai me levava até o velório, uma multidão me seguia, como se eu fosse uma das pessoas mais famosas do mundo. Eu era uma criança, só que aprisionada no corpo de um adolescente.

Foi difícil entrar no velório e ver o caixão de madeira, barato no meio de dois castiçais com as velas acesas em meio a muitas coroas de flores — a notícia havia se espalhado pela televisão, e de 5 em 5 minutos chegava alguém da floricultura trazendo uma coroa de flores com nomes e mensagens de pessoas que nunca conheci. De qualquer forma, o Tigre merecia a melhor das homenagens.

Olhei para ele, a pele pálida e fria. Os olhos fechados — sempre irei me lembrar dos olhos vermelhos e do sangue escorrendo pelo rosto —, destacava-se devido ao pó de arroz barato, uma maquiagem tosca feita por alguém da funerária. Preferia não ter visto meu avô daquela forma e lembrá-lo de como ele sempre foi. Vi uma mosca pousar no nariz de meu avô. Eu a espantei com a mão, foi aí que percebi que o algodão que haviam enfiado no nariz de meu avô estava sujo de sangue.

O tigre havia adormecido, um sono tranquilo, sem dor, sofrimento ou compromissos. Até que meus pensamentos foram desviados pela entrada de uma figura esguia, que custei a reconhecer por estar sem a batina. Era o padre, que meu pai havia chamado para dar a meu avô a extrema unção.

Naquele momento, bosta seria um adjetivo de qualidade para expressar como eu me sentia. De forma irônica, o destino esbofeteava minha face. O mesmo padre que eu veria um dia antes se tivesse ido à igreja, evento que teria evitado a morte de meu avô. O padre aparecia no dia seguinte, em minha frente e de minha família, para dar a extrema unção a uma das pessoas em que eu mais amava. O meu grande e maior amigo que me deu grandes lições de humildade.

Minhas pernas amoleceram, e precisei ser amparado pelo meu pai, que apesar dos apelos que ele havia feito aos repórteres, eles continuavam a me filmar dentro do velório.

Custava a compreender que eu era o furo de reportagem.

Após atravessarmos a cidade em direção ao cemitério (que ficava perto de minha casa), a sensação que tive foi de que Brotas havia parado. Até um helicóptero sobrevoou o cortejo acompanhando-o e pairando sobre o cemitério, dificultando até de ouvirmos o último pai-nosso, destinado a alma de meu avô.

Após o enterro, meu pai fez com que eu, minha mãe e minha irmã, saíssemos discretamente pela outra entrada do cemitério, fugindo da multidão, e voltei para casa com minha mãe, que estava calada a maior parte do tempo. O belo rosto branco, havia sido tomado por olheiras da noite insone.

Ela caminhava cabisbaixa, de mãos dadas com minha irmã, usando o velho vestido surrado.

Meu arrependimento foi de não ter tido tempo de pedir desculpas para meu pai. Eu precisava falar com ele e ter assumido a culpa. Quem era para estar naquele caixão era eu e não meu avô.

Por morar na rua detrás do cemitério, em poucos minutos, já estávamos em casa.

Ao entrarmos, trancamos o portão de ferro. Era uma ordem de meu pai, para com que a reportagem deixasse de perturbar a ordem lá de casa.

Assim que minha mãe abriu a porta da sala, a sensação que tive, era de que o natal havia chegado mais cedo. Havia presentes espalhados por toda sala, presentes que eu jamais imaginaria que um dia iria ter. Só televisão, havia pelo menos umas quatro, além, é claro, da montanha de brinquedos, livros, e um Atari (o videogame que eu sonhava em ter naquela época) com com a coleção completa de cartuchos de jogos.

Minha irmã procurava no meio dos brinquedos se tinha algo para ela. Encontrou uma bicicleta, cujo tamanho era desproporcional, mas que a satisfez.

Cada caixa que abríamos, eram roupas de marca — todas do meu tamanho —, tênis caros, e pasmem, havia ganhado até um computador que eu tanto sonhava. Um TK 2000 (que hoje seria considerado sucata se colocado perto de algum novo produto da Apple). Grande parte dos presentes eram da Senadora.

Minha mãe, aproximou-se após tirar as caixas do meio da sala e empilhá-las no canto.

— Filho, seu pai me pediu para conversar com você sobre um assunto de seu interesse.

De fato, senti um calafrio após a frase de minha mãe. Sabia que meu pai tomava sempre as decisões mais lógicas, mas eu estava preocupado por ele não estar em casa. Ele não tinha esse tipo de comportamento.

— O que foi mãe? Sobre o que você quer falar? — Perguntei olhando para caixa do computador. Não via hora de poder ligá-lo e depois mostrar a meu primo, é claro, que ele não iria colocar a mão. Isso sem contar o videogame, e minha nova coleção de todos os cartuchos de jogos do Atari.

— Estive conversando com seu pai no velório e reconhecemos sua atitude nobre diante de seu avô. Seu pai está orgulhoso de você. Tudo que conquistamos com nobreza e humildade nos torna digno. Ontem, recebemos uma generosa doação em dinheiro, suficientes para arcar seus estudos no colégio particular em São Carlos, que você tanto sonhou, e isso inclui a mensalidade do ônibus de estudante (naquela época havia um ônibus de estudante que levava os alunos da cidade para cidades próximas, onde a maioria fazia o colegial ou cursinhos preparatórios para o vestibular).

Eu não acreditava no que minha mãe havia acabado de me dizer. Queria pular, gritar e correr para todo o lado e desembalar todos os presentes que havia ganhado, mas não podia fazer isso. Havia acabado de sepultar meu avô e não iria pegar bem.

Como a ajuda de minha mãe, carregamos uma televisão para o meu quarto (naquela época as televisões eram tão pesadas quanto um fogão), e a seguir levei meu computador (que era ligado na televisão), meu Atari com todos os jogos para eu me divertir; de portas fechadas é claro. Coloquei uma televisão no quarto de minha irmã e outra na sala. Sugeri para minha mãe que vendesse a outra tv que estava sobrando, pois sabia que meu pai não gostava e que não iria abrir mão dos livros.

Não me importei com as sacolas de roupas. Estava pouco me lixando para marcas, afinal eu era um herói ou pelo menos tentava ser.

Assim que minha mãe saiu, eu liguei a tv já preparando para testar o videogame, quando "ele" apareceu na imagem.

Havia me esquecido por completo daquele ser asqueroso, que havia feito um pacto na beira do rio, enquanto eu estava pescando. Em meio a tanta confusão com a morte de meu avô, a aparição daquela criatura de orelhas longas e pontiagudas, com mãos e pés disformes e desproporcionais ao corpo me pegou de surpresa.

—Você está feliz? Agora você é famoso, tem videogame. Feliz e famoso. — Disse exibindo o sorriso satânico, que quase emendava uma orelha a outra, com os olhos parcialmente tapados, pelo mesmo pano escuro.

— Sim e não. — Respondi com toda a sinceridade que um adolescente de quinze anos.

— Não entendo. Você queria videogame, você queria computador e estudar fora. Por que não está feliz. Você tem videogame e vai estudar fora.

— É que às vezes a felicidade não é completa quando falta a pessoa que amamos. Sinto a falta do Tigre.

— Mas Tigres comem humanos. Comem humanos. — Respondeu aquela criatura desprezível.

— Não é desse tigre que estou falando seu idiota. Estou falando do meu avô. Eu o chamava de Tigre.

A criatura riu. Parecia que gostava de ser ofendida.

Antes de dar oportunidade para que ela falasse novamente, desliguei a televisão.

Para meu espanto, a imagem horrível daquela criatura bizarra continuava lá.

— Mas você vai estudar fora. Você ficou famoso. Isso é só o começo, pois fizemos um juramento de sangue. Fizemos sim, juramento de sangue. Você é um menino humilde, é sim. — Falou, enquanto coçava as orelhas pontudas.

— Eu me lembro do juramento. Eu quero saber de você. Qual é o seu nome? — Perguntei, olhando diretamente para os olhos escondidos entre o nariz pontiagudo. Acredito que esta tenha sido a pergunta mais inteligente que havia feito para aquela criatura.

— Meu nome. Preciso dizer... O meu nome é Osdrack Dragammin, Osdrack. — Respondeu, mostrando os dentes pontiagudos e amarelados.

Foi a última resposta dele antes de desaparecer.

Bem, mesmo com o desaparecimento de Osdrack, eu fiquei com aquela sensação ruim de que estava sendo observado. É péssimo quando isso acontece, pois você não consegue ficar à vontade.

Coloquei o cartucho do jogo River Raid I no Atari. Eu era fascinado com aquele joguinho, de um jato que sobrevoava pontes e tinha que abastecer a todo momento para que não explodisse, além é claro de ter que destruir helicópteros e navios, e cada vez o desafio ia ficando mais complexo.

Bem, não me lembro exatamente quanto tempo eu fiquei jogando. O que me recordo foi de minha mãe me chamando para o almoço e eu não fui. Ela não me quis me incomodar, afinal, eu havia perdido o Tigre. Ela respeitou a porta fechada de meu quarto.

As horas se passaram naquele domingo, e quando estamos distraídos, especialmente envolvido em um jogo na qual tanto sonhamos, o tempo simplesmente voa.

Foi então que ouvi da janela de meu quarto, Letícia me chamando. Na verdade, queria que ela se ferrasse, pois, além de ser a queridinha do papai, ficava revirando os presentes que eu havia ganhado.

— Dário! Vem cá! Mamãe saiu para comprar pão. Eu estou tentando andar de bicicleta e a mamãe não sabe! Vem logo, Dário.

Meu sangue ferveu. Estava numa fase avançada de meu jogo, e não havia botão de pausa.

— Dário, vem logo! Por favor. Você precisa me ensinar a andar de bicicleta.

Fiquei muito puto. Que merda, você está num nível avançado do jogo, não tem como pausar (pelo menos aquele jogo não tinha como, a não ser que você morresse e essa não era uma de minhas melhores opções naquele momento), e para variar, você tinha uma irmã pentelha que não parava de gritar seu nome na rua.

Deixei o videogame de lado e fui ao encontro de Letícia. Eu juro que estava disposto a dar alguns safanões nela.

Como já disse, eu morava atrás do cemitério de Brotas. A rua era íngreme, mas não a ponto de dar velocidade a uma bicicleta. Não nas mãos de uma pessoa experiente...

O fato é que quando fechei o portão de casa, vi minha irmã há alguns metros a minha frente tentando se equilibrar na minha bicicleta, que chegava a ser quase três vezes maior do que uma bicicleta feita para o tamanho de Letícia.

Ela estava feliz, sentindo-se realizada naquele momento. Parecia que finalmente ela havia aprendido a dar importância para o que é bom na vida, e o que é bom, sempre custa dinheiro.

— Letícia, sai já de cima da minha bicicleta. Ela não é sua. Se você se comportar direitinho eu prometo que lhe ensino a andar nela. — Disse a ela enquanto ela equilibrava-se com um dos pés no chão e o outro sobre o pedal.

A altura não permitia que minha irmã se sentasse no selim e para compensar ela sentou no quadro da bicicleta.

— Dário, você não precisa me ensinar. Eu já sei! Aprendi sozinha. Papai sempre fala que eu sou inteligente. Olha só! — Disse ela tirando o pé do chão e equilibrando-se feito um palhaço que anda em um monociclo, desceu em disparada ao final da rua. O guidão oscilava de um lado a outro.

Eu sabia que Letícia nunca tinha colocado os pés em uma bicicleta e meu pai jamais permitiria. Ela era o vaso de cristal de meu pai, e ele não se importava em deixar claro, em especial na sessão de dança que era uma tradição em todo final de tarde.

Eu saí em disparada atrás de Letícia, pois tinha medo de que não terminasse bem.

Não consegui alcançá-la.

— O freio, Letícia! Aperte o freio Letícia, senão você vai cair. O freio Letícia! — Gritava a todo momento enquanto tentava alcançá-la fazendo o melhor que eu podia.

Algumas pessoas na rua viram que eu me esforcei, e aquelas pessoas que podiam pará-la, não tiveram tempo de absorver o que estava acontecendo, até que um caminhão de cana, dobrou a esquina.

Não precisava ser nenhum matemático ou físico, para calcular que a bicicleta de Letícia iria colidir com o caminhão.

Bem, isso também ficou claro para Letícia, que com os pezinhos calçando uma sapatilha de plástico, tentou frear a bicicleta da mesma forma que ela via os meninos fazerem na rua de casa, colocando o pé no pneu.

Esse foi o erro fatal, pois os meninos eram experientes, e Letícia estava em desvantagem. Uma bicicleta maior, um corpinho frágil, e uma bicicleta em alta velocidade.

Quando ela colocou o pé no pneu, a bicicleta se desequilibrou por completo. Talvez, eu tenha sido responsável pelo desequilíbrio, pois eu gritava feito um louco para que ela parasse.

Assistir Letícia cair da bicicleta foi a menor de minhas preocupações, mas vê-la escorregar esfolando-se no asfalto em direção à frente do caminhão e de um motorista desavisado, que dirigia confiando que qualquer bicicleta, veículo ou moto iria respeitar a placa de pare, foi um grave engano, ainda mais quando estamos falando de uma criança de oito anos, que aparece como um fantasma bem na frente do caminhão.

O pneu da frente passou bem em cima do abdome de Letícia, e o motorista sentindo o impacto, freou de imediato, parando com a rodas traseiras do caminhão sobre as pernas de Letícia.

Corri em direção a minha irmã. Sim, eu a amava incondicionalmente e morreria por ela.

Fui o primeiro a chegar ao lado de Letícia.

Ela estava com o rosto branco e esfolado, repleto de sangue. Os olhos pareciam que iriam saltar para fora e um dos braços estava virado ao contrário com osso do do cotovelo saltando para fora.

O caminhão havia parado com a roda em cima das pernas de minha irmã, em meio a uma poça de sangue que manchava o asfalto.

Cheguei ao lado dela e segurei a mãozinha Angelical de Letícia. Da minha doce Letícia.

— Letícia, pelo amor de Deus! Fala comigo!

Minha irmã olhou para o fundo de meus olhos enquanto o sangue escorria pelo canto da boca.

— Dário, eu me machuquei. A mamãe vai ficar brava comigo. — Falou com dificuldade e com a voz arrastada.

Virei para o lado, e percebi que diversas pessoas começavam a se aproximar. Juro por tudo o que há de mais sagrado, que naquele momento, eu era incapaz de ouvir o que as pessoas diziam. Não sei de onde tirei forças, mas enchi o pulmão de ar e as palavras reverberando em minha alma, bradaram em um estrondoso grito.

— Socorro! Alguém peça ajuda!

Continuei segurando a mãozinha macia e suave de minha irmã.

— Dario, eu tô com frio. Se me levarem ao hospital, você promete que não vai deixar ninguém dar inje, inje, in.

— Injeção, Letícia, eu juro que não vou deixar.

Bem, Leticia não conseguiu completar a frase.

As pessoas tentavam me puxar, para me tirar de perto de minha irmã, mas eu não queria sair dali. Queria ficar ao lado dela.

Quando olhei para trás, vi minha mãe derrubar o saco de pão no asfalto e correr em minha direção, gritando um estridente

"Não" ao ver o corpo de minha irmã esmagado pelo pneu do caminhão, enquanto eu chorava a ponto de soluçar. Deitei no chão ao lado do corpo sem vida de minha amada irmã, sabendo que quem merecia estar no lugar dela, era eu.

Minha última recordação deste momento, foi que tudo o eu mais queria era que Deus trouxesse Letícia de volta, só que Ele não me ouviu.

TERCEIRO CÍRCULO
AUTOCUIDADO

Não sei exatamente quanto tempo fiquei hospitalizado em estado de choque.

Minha mãe me disse que eu apaguei por uns dois dias e meu pai insistia que foram quatro dias. Eles estavam sofrendo demais com a perda de meu avô e o acidente de Letícia.

Pelas minhas contas, foram três dias, pois eu fui sair do quadro de choque pós-traumático numa quarta-feira.

Quando abri meus olhos no hospital, minha mãe e meu pai estavam lá, e também a mulher do dia do acidente.

O quarto estava cheio de flores, que não paravam de chegar. As flores eram tantas, que minha mãe pediu para que elas fossem encaminhadas para a capela.

— Filho, você está melhor? — Perguntou minha mãe, usando o mesmo vestido, enquanto afagava meu rosto.

— Sim, mãe, estou bem. E Letícia, está bem?

Meus pais se entreolharam, enquanto a mulher que havia ajudado a me socorrer na estrada, ficou cabisbaixa. No fundo eu já sabia a resposta.

Vi que os olhos de minha mãe marejaram, enquanto ela se esforçava para não perder o controle. Com certeza ela havia sido orientada por alguém do hospital para que não fraquejasse quando estivesse conversando comigo, e que tentasse passar segurança.

Meu pai continuou sentado. Já era corcunda por cortar cana, mas ficou cabisbaixo.

— Dário, sua irmã morreu no acidente. Ela foi sepultada na segunda de manhã. Por causa do acidente que você presenciou, você entrou em choque pós-traumático e ficou sedado por todos esses dias. Já se passaram dois dias que sua irmã foi velada, e foi sepultada ao lado de seu avô.

Eu comecei a chorar. Não conseguia imaginar o mundo sem Letícia.

— Mãe, eu juro que eu corri atrás dela para tentar segurá-la, quando escutei Letícia me chamando. Eu achava que a senhora estava em casa. — Nesse momento, meu pai olhou para minha mãe, com a expressão assustadora. Sabia que ela não tinha culpa. Tudo o que tinha feito foi sair para comprar pão.

— Eu sei, filho. Não estou lhe culpando. Sei que foi um acidente e na verdade o motorista poderia ter parado e evitado ter atropelado a sua irmã, se ele não estivesse embriagado no volante. Ele já está preso.

— Ele estava bêbado? — Perguntei indignado. Na minha concepção não havia como ele ter desviado. É claro que ele não conseguiria, se tivesse com o cérebro encharcado de álcool. De fato, a esquina de casa era um lote vazio, com grama rasteira. Qualquer motorista que não estivesse alcoolizado, seria capaz de olhar ao lado e perceber que uma criança descia uma rua numa bicicleta descontrolada. Bastaria apenas ele pisar no freio e evitar uma tragédia.

Minha mãe me abraçou, movida pelo seu instinto materno, enquanto meu pai... Bem, ele estava sofrendo, do jeito dele, calado, frio, sem dizer uma palavra. Ele havia dançado na sexta-feira a última música com Letícia, e cada vez que olhasse para a vitrola, ela lhe traria uma triste recordação. Naquela época eu era inocente demais para perceber que meu pai estava passando por uma transformação, provocada pela perda de Letícia.

Ele ficou calado. Já era de falar pouco, mas a morte de minha irmã, aumentou seu silêncio.

— Sim, filho. A tragédia poderia não ter acontecido, se o motorista não tivesse bebido. Como lhe disse, ele está preso, será julgado e se a justiça for feita, ele será condenado.

Era um conforto, ter alguém para dividir a culpa da morte de Letícia, porém a minha dor era imensa e no fundo eu sabia que eu era o verdadeiro culpado, além de ter omitido de minha mãe que eu fiquei jogando videogame, enquanto minha irmã me pedia ajuda. Se eu tivesse ido na primeira vez que Letícia me chamou, minha irmã ainda poderia estar viva.

A mulher que estava sentada em meu quarto levantou e se aproximou de minha mãe.

— Filho, esta é a senadora Marta Helena. Foi ela quem ajudou a lhe socorrer na estrada, quando seu avô havia sido picado por uma serpente. Quando ela soube o que aconteceu com sua irmã, ela não voltou para Brasília. Ficou aqui para nos ajudar.

De fato, não tinha reparado direito na mulher da que me ajudou na estrada. Ela era linda. Tinha aproximadamente 1,60m), cabelos loiros e ondulados. Usava um blazer sobre a camisa branca, e uma saia preta, que realçavam com a armação vermelha dos óculos, que escondiam os olhos verdes. Era a primeira vez que eu a observava como ela realmente era.

— Dario, sei que você não conhece bem, mas eu tenho uma história bem parecida com a sua. Estou aqui, pois quero lhe ajudar. Perdi meu irmão quando ele tinha sua idade. Eu fiquei congelada quando vi você pela primeira vez na estrada. A sua semelhança com a de meu irmão chega a ser assustadora, além de que fiquei encantada pela nobreza de seu gesto, em dois momentos difíceis de sua vida, em tentar ajudar. Sei que sua irmã era importante para você, mas já conversei com seu pai e com sua mãe, e estou disposta a oferecer o que você precisar.

Bem, de certa forma aquela mulher havia sido uma benção em minha vida. Pena que ela havia aparecido em um momento em que tragédias se abatiam sobre meu lar. Sequer conseguia imaginar quem havia doado a bicicleta que tirou a vida de minha irmã, pois lembro de que quando estava desembalando os presentes, minha mãe juntava os papéis e os colocavam no saco de lixo, assim como diversos cartões, pela qual não tinha o menor interesse em ler. De qualquer forma, as oportunidades começavam a surgir em meu horizonte, junto com recordações tristes de pessoas na qual eu tanto amava.

Os dias foram passando.

Minhas férias haviam começado da pior forma possível, e marcariam toda minha vida.

Lembro-me de ir com minha mãe até o posto telefônico de minha cidade para ligar para meu irmão Ricardo e contar a ele sobre a morte de meu avô e de minha irmã Letícia. Naquela época, nos postos telefônicos havia uma atendente, e você dava a ela o número que você precisava telefonar para o exterior e a atendente liberava uma cabine. Minha mãe ligava para Ricardo religiosamente de 3 em 3 meses, porque as ligações ficavam caras, mas dessa vez não tinha como, ela precisava dar a notícia do falecimento e aproveitar para desejar a meu irmão um feliz natal. Me recordo da data... Foi no dia 17 de dezembro, que ao lado de minha mãe, espremido na cabine, consegui escutar o grito de meu irmão quando minha mãe deu a notícia. Tenho certeza de que o Natal de Ricardo seria marcado de tristeza, ao menos naquele ano.

Minha mãe pagou a atendente. Naquela altura, a senadora havia feito minha mãe abrir uma conta no banco, e se comprometeu a depositar uma quantia de dinheiro que ia além de qualquer generosidade. Apenas quando adquiri maturidade suficiente que fui compreender que apesar do dinheiro que minha mãe havia recebido de doações, permitia que ela ligasse diariamente para meu irmão se ela quisesse, mas ela não o fazia, pois não queria revelar à névoa do sofrimento que pairava sobre nossa casa.

Meu pai continuava do mesmo jeito. Já tínhamos dinheiro suficiente para que ninguém de casa precisasse mais trabalhar. Mas ele insistia com a rotina de acordar de madrugada e ir cortar cana. Eu fazia questão de me levantar junto com ele e tomarmos o café da manhã, apesar da família estar incompleta.

Era triste ver o gigante corcunda atravessar a sala e vê-lo parar ao lado da vitrola, com o disco deixado na mesma posição da última vez que tocou. Enquanto for vivo, irei me lembrar dele dançando com Letícia. Não sei o que se passava na cabeça de meu pai. Só sei que ele ficava parado por alguns minutos diante da velha vitrola. Olhava para o disco de vinil e diariamente, eu via ele chorar naquele lugar, sempre no mesmo horário. Um sofrimento cíclico e contínuo.

Naquela época, eu preparava o café para meu pai. A geladeira havia melhorado, estava abastecida. Já não precisávamos somar a compra do mês para adequá-la ao orçamento de casa. Havia requeijão, iogurtes, queijos, mas meu pai ficava apenas no café preto sem açúcar e saia para trabalhar.

Não sei precisar quando foi que meu pai começou a beber. Talvez, depois da perda de minha irmã. Antes disso, ele tinha horror a bebida alcoólica; mas a perda de meu avô e no dia seguinte o de Letícia, o abalou.

Foi a primeira vez que o vi chegar em casa carregado pelos amigos. Naquela época, eu cruzava os dedos para que ele perdesse o emprego, mas acredito, que por ele ser respeitado pelo patrão dele na usina de açúcar, ele o deixava afogar as mágoas na cachaça barata que ele comprava com o próprio salário, já que o dinheiro dele não era mais necessário em casa.

À noite eu escutava os gritos de meu pai com minha mãe, seguido do choro angustiante de minha mãe, que ameaçava separar-se se ele não parasse com a bebida. Na maioria das vezes, minha mãe saía do quarto de meu pai e vinha dormir abraçada comigo, onde chorava silenciosamente para não me acordar, e eu continuava a fingir que estava dormindo.

Acredito que nesses dias, talvez pela presença de minha mãe em meu quarto, o duende não apareceu e confesso que não tinha coragem para esfregar o pingente de ouro que havia ganhado de meu avô.

Eu tinha um plano. Iria mudar meu pedido para que ele trouxesse de volta minha irmã e meu avô. Esse era meu novo desejo e aquela criatura vil, asquerosa e nojenta teria que cumprir, afinal tínhamos um pacto de sangue.

Faltavam dois dias para o Natal, e antes que o ano se encerrasse meu presente havia chegado antecipado.

Lembro-me de eu acordar na manhã do dia 23 de dezembro, ao som de alguém que batia palmas em frente à minha casa. Era uma sexta-feira, quando abri o portão de casa e vi um homem de pele escura usando um macacão e um boné.

— É aqui que mora a senhora Amanda Montes?

Eu estava meio sonolento, pois sempre que papai saía para trabalhar eu voltava a dormir. Sabia que teria pela frente um ano turbulento, pois iria estudar em São Carlos, então iria tentar aproveitar o resto das férias que ainda tinha pela frente.

— Sim, é aqui, mas ela está dormindo.

— Menino, qual é seu nome? — Perguntou o estranho, olhando para uma prancheta.

— Meu nome é Dário, por quê?

— Dário Montes Gumercindo, certo? — Disse ele, enquanto retirava o boné e o colocava no bolso da calça, revelando os cabelos encaracolados e grisalhos.

— Isso. Sou eu. — Falei, ainda tentando compreender o que estava acontecendo.

— Pois é, você é um menino de sorte. Pelo visto o Natal se antecipou para você. — Disse ele enquanto me olhava da cabeça aos pés.

— Como assim? Do que você está falando? — Perguntei meio confuso, ainda entorpecido pelo sono.

— Você está vendo aquele caminhão parado ali na frente da calçada de seu vizinho? — Disse ele apontando o dedo para um caminhão cegonha vermelho, que eu sempre via cruzar as estradas.

— Sim, estou vendo. O que tem o caminhão? — Perguntei enquanto coçava os olhos.

— Aqueles dois carros são seus. Mas pelo visto, como você não pode dirigir, vão ficar aos cuidados de sua mãe até que você tenha idade suficiente para fazê-lo.

Eu quase caí de costas. Na verdade, eu havia acabado de ganhar de presente dois carros "Escort xr3", um carro produzido pela Ford, e naquela época era o top de linha.

Corri para dentro de casa, deixando o homem do macacão do lado de fora e fui em direção do meu quarto e acordei minha mãe.

— Corre, mãe, vem depressa, você precisa ver o que eu ganhei!

Mamãe levantou-se, colocou o roupão. Talvez tão atordoada quanto eu. Mas durante o caminho, eu expliquei o porque estava tão exaltado.

Quando minha mãe viu o moço do macacão que confirmou o que ele havia me falado, ela ficou sem palavras.

— Mas aqui em casa nós não sabemos dirigir e nem garagem temos. Onde é que iremos guardar os carros?

O homem do macacão riu. Os carros não irão ficar aqui. Eles vão ser guardados na garagem da nova casa de Dário. Vocês são pessoas de muita sorte. — Respondeu o estranho com um sorriso no rosto.

— Como assim, nova casa? — Perguntou minha mãe.

O homem retirou do bolso, uma chave com um pedaço de papel.

— Bem, a senadora comprou uma casa para Dário morar com toda a família, perto do clube de campo da cidade. A casa é bem espaçosa e tem a garagem para vocês guardarem os carros. Ela pediu para que você aceite, pois na opinião dela uma mudança para vocês irá ajudar para que seu filho não sofra tanto com a perda da irmã. Ela me contou tudo o que aconteceu com vocês. — O estranho fez uma pequena pausa enquanto eu e mamãe estávamos surpresos.

— Sinto pelas suas perdas. A senadora sabe que você não tem habilitação para dirigir, mas já pagou o curso bem como disponibilizará um motorista particular, 24 horas, pelo tempo que for necessário. Só preciso que a senhora assine aqui. Todos os bens de seu filho ficará sob responsabilidade dos pais até que ele complete 18 anos de idade e assuma o que é dele por direito. — Disse o estranho entregando a prancheta com o papel para minha mãe assinar.

Minha mãe relutou em assinar os papéis. Sim, naquele momento, um turbilhão de ideias devia passar em sua mente, mas tenho certeza de que ela repensou no casamento que não estava dando certo e das bebedeiras de meu pai. Talvez, sair de casa, fosse a solução para ajudar que meu pai se fortalecesse e parasse com a bebida. Como não tínhamos para onde ir, naquele momento, ganhar uma casa foi para minha mãe uma sensação melhor do que ganhar na loteria.

Por fim, assinamos os papéis. Os carros foram levados para a nova casa, enquanto eu e minha mãe, ficamos com a chave. O homem do macacão, combinou em deixar a copia da chave na caixa do correio depois que guardasse os carros na garagem.

Ao entrar, minha mãe segurou meu braço.

— Filho, precisamos conversar. — Disse ela, após me abraçar e desabar a chorar.

Sabia que minha mãe tentava ser forte. Lutava contra uma maré de problemas, em especial, meu pai. Sempre soube que ela amava o gigante corcunda.

— Claro, mãe. O que você tem a me dizer? — Perguntei, enquanto sentávamos na escada que dava acesso a uma pequena área que cobria a porta da sala, ao lado das folhagens, que minha falecida irmã, adorava molhar.

— Filho, sei que você não é bobo, e que tem passado a maior parte do tempo no seu quarto, ou no computador ou no videogame. Tenho certeza de que já percebeu que estou dormindo todas as noites com você. Às vezes chego a pensar que deve ouvir minhas discussões com seu pai. Estou preocupada com ele, pois desde a morte de sua irmã e de seu avô, ele já não é a mesma pessoa. Você sabe, melhor do que eu, que ele sempre abolia a bebida, mas nos últimos tempos ele tem gastado todo dinheiro que economizou com a maldita bebida.

Ela tinha razão. Até um cego seria capaz de notar que meu pai não estava bem.

— Eu percebi, mãe, mas temos que dar um desconto para ele. Não está sendo fácil superar a perda de Letícia.

Minha mãe soltou o lenço que prendia o cabelo. Deixou os longos cabelos loiros e encaracolados caírem sobre os ombros. Segurou minhas mãos e desabou a chorar.

Só que ela era bela demais, tanto chorando ou rindo. Ela mantinha o jeito cativante e simplicidade de ser. No meu ponto de vista, a oportunidade para que ela passasse a cuidar de si própria havia chegado.

No fundo, não queria que ela deixasse para trás meu pai, que havia mergulhado de cabeça em um abismo chamado alcoolismo. Sei que não seria fácil trazê-lo de volta. Compreendia a dor do gigante, só que a minha era maior, com a diferença de que no meu caso, tentava disfarçar a todo momento. Eu era o verdadeiro responsável pela morte de Letícia e meu pai era apenas mais uma inocente vítima do destino, que perdera a filha predileta.

Ela secou as lágrimas com a mão.

— Filho, não dá mais. Eu preciso de um tempo. Sou mulher e você ainda é novo demais para compreender como pensamos. Eu amo seu pai e por amá-lo acho melhor dar um tempo para ele. Ele ficará bem aqui nesta casa em que sempre moramos e quando possível vou dar uma passadinha por aqui para arrumar a casa e ver se não está faltando nada na geladeira.

— Compreendo, mãe. Sei o quanto é importante às vezes darmos um tempo. E a casa nova será legal, pois terei espaço para preparar um quarto para estudos, afinal meu pai sempre diz que o estudo é importante e que nos transforma em pessoas melhores.

Mamãe ficou cabisbaixa, afinal passara uma vida inteira ao lado de meu pai, dedicando-se com exclusividade a oferecer o melhor para nossa família e sempre dizendo sim. Ela estava decidida a mudar, a cuidar de si mesma, tomar um "banho de loja", e o que me chamava a atenção era que pela primeira vez estava disposta a levantar a cabeça e a dizer não.

De fato, ela cumpriu com o que havia dito.

Não participei da conversa entre ela e meu pai, pois quando meu pai havia voltado do trabalho, alcoolizado como sempre, mamãe me disse que preparou um café forte, que fez uma compra e deixou a geladeira cheia, com mantimentos que dava para passar o mês com fartura. Havia limpado a casa, e como meu pai não tinha condições de conversar, achou melhor explicar tudo em um bilhete.

Fomos para o novo lar, com os dois carros zero quilômetros na garagem. A casa era incrivelmente espetacular, com seus quatro quartos, copa, cozinha, quarto de empregada e o mais legal, uma quadra de futebol com uma enorme piscina aquecida coberta. Estava acima de minhas expectativas, pois a senadora e empresária, a meus olhos, havia gastado uma fortuna, no pseudo "filho" que tinha a cara do irmão dela. Ela havia encontrado na minha figura, algo que ela talvez procurasse há anos, mas eu era incapaz de compreender o que ela realmente procurava.

O Natal, a data que mais prezava havia chegado, apesar de que naquele ano seria difícil, pois eu vivia uma fase de tristezas e alegrias.

Brotas, apesar de ter uma pequena população, naquela época sabia comemorar o Natal com fartura. Era tradição enfeitarem a principal rua da cidade, com decorações natalinas e o velho pinheiro da praça Dona Francisca Ribeiro dos Reis, recebia uma estrela que era colocada bem na ponta, e tudo aquilo era ligado numa tomada e luzes pisca pisca, destacavam a velha praça. Esse pinheiro era especial, pois diziam que ele tinha quase a idade da cidade. Limito-me a acreditar que ele tinha a idade da praça.

No dia de natal, as pessoas saíam para caminhar pela região central, enquanto meus colegas mais afoitos, ficavam a procura de garotas ou apenas de uma paquera.

Bem, meus amigos... Sim, eles haviam mudado. Pessoas que antes sequer sabiam que eu existia, começaram a se aproximar, e isso incluía as garotas. Eu havia me transformado em uma pessoa melhor, bem mais cuidada. Do garoto pobre, filho de cortador de cana, havia passado para Dário Montgomery. Era meu novo nome. Usava roupas de marcas, morava em uma das melhores casas da cidade e estava com o futuro promissor preparado para estudar fora de Brotas.

A senadora recusou-se com a ideia de eu ter que estudar em São Carlos indo de ônibus de estudante. Ela havia contratado um motorista particular, que me levaria e me traria de volta diariamente para São Carlos, assim que as aulas começassem. Eu recebia bilhetes e cantadas de muitas meninas, incluindo as que eu mais admirava, e fazia questão de deixá-las sem resposta.

Eu e mamãe, havíamos acabado de fazer nossa caminhada no centro da cidade enquanto aproveitávamos para saborear um sorvete em uma das sorveterias que ficava próximo do cinema e como minha mãe não sabia dirigir, voltamos a pé para nossa casa, pois ela havia marcado a ceia de Natal com papai na nossa nova casa.

Estávamos com medo de que ele tivesse bebido. Esse era um medo comum, pois ele ficava agressivo.

Ao chegarmos na nova casa, papai estava sentado na porta nos esperando. Os olhos dele, quase saltaram para fora, quando ele viu mamãe, que estava incrivelmente bonita naquele dia. Ela havia deixado de lado o velho vestido. Havia feito escova no cabelo, usava as roupas que eu havia ajudado ela a escolher além do perfume importado. Muitos homens a devoravam com os olhos. Só não a assediavam pois ela estava comigo na maioria das vezes, além, é claro, de ser uma cidade pequena, todos sabiam que ela era casada, apesar de ter deixado o marido morando na antiga casa devido aos problemas que ele tinha com o álcool.

— Boa Noite, Amanda. — Disse ele, sem sequer fazer um elogio a minha mãe.

Papai havia chegado mais cedo do que o previsto. De forma inexplicável, naquela noite ele não havia bebido. Pensei que ele quisesse discutir o relacionamento com mamãe.

— Boa noite, Marcos. Está tudo bem com você? Vamos entrar.

O gigante corcunda não havia mudado. Continuava a falar pouco.

— Está tudo bem comigo, Amanda, não vou entrar. Na verdade, eu vim até aqui, pois precisava ter uma conversa com meu filho, antes da ceia de Natal, isso se você permitir, é claro.

Mamãe se assustou na recusa do gigante em não entrar para conhecer a nova casa, que é claro que as portas estavam abertas para ele, caso ele quisesse se mudar. A única condição imposta era deixar de lado a bebida. Acredito que, naquele momento, o silêncio de meu pai abalou mamãe. Os olhos dela marejaram-se, como se ela tivesse pressentido que havia algo de errado com o gigante.

— Pode sim. Mas vocês vão voltar para a ceia de Natal? Pois se não forem irei dispensar a cozinheira. — Respondeu, talvez com medo de contrariar meu pai, ou assumindo o lado submisso que manteve durante toda a vida.

—Talvez eu volte. Obrigado, Amanda. — Essa foi a resposta do gigante, que virou as costas e saímos para caminhar, em sentido ao centro da cidade, o que confesso, me cansou, pois havia acabado de voltar de lá. Eu tinha dinheiro para o taxi, para voltar com meu pai para a ceia de Natal, caso meu pai aceitasse.

— Está tudo bem, pai? — Perguntei ao gigante, que me respondeu com um simples "tá", permanecendo calado o tempo todo.

Não quis ficar insistindo com ele. Respeitei a sua vontade. Cheguei a pensar que ele estivesse preparando uma surpresa, ou quem sabe, iríamos para um lugar mais calmo para conversarmos.

Após quinze minutos de caminhada, voltamos a praça Dona Francisca Ribeiro dos Reis e a atravessamos em direção à delegacia.

— Pai, porque estamos indo na delegacia?

O gigante continuou caminhando. — Papai era amigo do delegado de polícia, na qual tinha costume de capinar o lote particular e o lote da delegacia a um preço quase que insignificante. Muitas vezes voltava para casa com o pagamento em livros, o que para o delegado da cidade, naquela época, devia ser um negócio da China.

— Calma, meu filho. Você já irá compreender. Lembre-se que a paciência é uma virtude, a inteligência uma dádiva e saber usar as duas no momento certo é um milagre.

Ao entrarmos na delegacia, já na recepção, um dos investigadores magrelo e de óculos reconheceu meu pai.

— Boa noite, Marcos, e Feliz Natal! A que devemos a honra de sua visita? — Falou, enquanto olhava para a televisão enquanto assistia a um show de Natal, com o mesmo cantor que eu particularmente detestava, que se repetia quase todo ano como uma tortura Natalina.

— O Delegado Diógenes está? — Perguntou o gigante, com um sorriso branco na face pálida, enquanto com a mão afastava os cabelos que caiam no olho.

— Está sim, Marcos. Você está bem? Lamentamos pela perda de sua filha. Graças a Deus sua família continua viva e você tem o seu filho, um herói crescendo ao seu lado. — Exclamou sorridente, voltando a olhar para a televisão.

— Está tudo bem. Queria apenas desejar Feliz Natal para Diógenes e fazer um pedido.

Acredito que o investigador que estava na recepção não tenha prestado atenção na fala de meu pai.

— Ele está lá na sala dele. A segunda porta no corredor a esquerda. Pode ir lá.

De fato, uma certeza que tenho do Natal é que nessa época os corações se amolecem, e as pessoas concedem pedidos e desejos. Uma renovação de esperanças e de energias.

Segui com meu pai até a sala do delegado.

Ao entrarmos, lá estava ele sentado atrás de uma escrivaninha, comendo rabanadas enquanto assistia televisão, sintonizada no mesmo canal da recepção. Era gordo, e tinha um bigode tingido de preto que contrastava com o cabelo grisalho.

— Eitchâ! Marcos Gumercindo, o meu melhor capinador de lotes! A que devo a honra de sua visita, meu amigo? A propósito, separei alguns livros para você lá em casa. Vou lhe entregar no dia que você for lá para capinar o quintal que meio que já está na hora. — Disse o delegado, tratando meu pai da mesma forma que sempre tratava, como se ele não representasse nada.

— Delegado, vim aqui hoje lhe pedir um presente de Natal. Há anos venho lhe ajudando a capinar seu quintal, os lotes que você me pede e até o lote da delegacia, pelo amor aos livros. Gostaria que o senhor me permitisse visitar o caminhoneiro que atropelou minha filha Letícia. Queria aproveitar a noite de Natal e esclarecer com ele sobre o motivo do acidente, e quem sabe sair daqui hoje com a consciência mais leve.

— Porra, Marcos, assim você me fode, caralho! Hoje é véspera de Natal, vai lá para tua casa comemorar com a tua família. Deixa isso pra lá. O cara estava chapado e vai se ferrar por homicídio doloso.

Bem, o que o delegado talvez subestimasse que meu pai era um assíduo leitor, e isto inclui ler os livros de direito que o delegado jogava fora. Meu pai dizia que o maior crime que existe é jogar um livro fora, bem, era o que ele pensava, pelo menos antes de minha irmã morrer.

— Delegado, eu jamais lhe fiz um pedido em toda minha vida. É um pedido simples e especial, numa noite de Natal.

O Delegado fez uma cara de merda e coçou o bigode. Não tinha como recusar um pedido de uma pessoa que era um exemplo de persistência, de cultura e esforço, ainda mais por ter perdido o pai e a filha quase que no mesmo dia, e que mostrava ter uma alma mais nobre do que podia imaginar.

— Está bem, Marcos. Vou pedir para o carcereiro lhe acompanhar. Mas só vinte minutos e se o filho da puta não quiser conversar com você, não queira insistir. Você volta imediatamente, ok? Meu pai consentiu com a cabeça. Penso que os anos que ele trabalhou naquela delegacia, o fez conhecer todo o funcionamento daquele lugar.

— Andrade! — Gritou o delegado, chamando pelo carcereiro.

Em poucos minutos, apareceu um homem, de cabelo preto, corcunda que nem meu pai, usando um bigode semelhante do delegado, só que não era tingido. Parece que a moda na delegacia naquela época era o uso de bigodes.

— Acompanhe o senhor Marcos Gumercindo até a cela do cara que atropelou a filha dele.

De fato, a sensibilidade havia passado longe, ao menos para o delegado Diógenes.

Acompanhei meu pai com o carcereiro, que carregava um monte de chaves preso à cintura. A delegacia, naquela época, mantinha detentos que aguardavam pelo julgamento na cidade de Brotas, e quando sentenciados (os criminosos de alta periculosidade) eram transferidos para penitenciárias regionais, as que ofereciam vagas.

— Boa Noite, seu Marcos. O Alexandre foi colocado em isolamento. O padrinho da sua filha, que trabalha com você, foi preso alcoolizado assediando algumas mulheres e desacatou o delegado. Quando ele encontrou o Alexandre aqui na cadeia, ele fez a cabeça dos outros detentos e o jurou de morte. Por isso, tivemos que separá-lo dos outros, até do banho de sol. De fato, o cara é um crápula. Se eu fosse você não perderia tempo tentando falar com ele.

Meu pai não disse nada. Continuou calado enquanto caminhávamos em direção a cela do isolamento. A delegacia era pequena e não demorou para chegarmos na cela onde estava o assassino de minha irmã. Até aquele momento eu era incapaz de compreender a verdadeira razão que havia levado meu pai até a delegacia.

Percebi que meu pai olhou para a cintura do carcereiro e focou no molho de chaves.

Ao chegarmos na cela, reconheci de imediato o motorista do caminhão, que se tivesse freado um pouco antes ou olhado para o lado antes de atravessar a rua, uma grande tragédia poderia ter sido evitada.

Antes que o carcereiro acordasse o detento, meu pai atraiu minha atenção, sem que o carcereiro percebesse, me pedindo silêncio. Ele retirou um pano encharcado com alguma substância com cheiro forte, e sem que o carcereiro percebesse, o sufocou com o lenço, colocando-o para dormir.

— Pai, o que você está fazendo? Você ficou louco? Você pode ser preso! — Disse a ele, enquanto minhas pernas tremiam.

— Justiça! — Respondeu meu pai, de forma simples, precisa e lógica.

Meu pai tirou o molho de chaves da cintura do carcereiro que havia desacordado com aquela substância e abriu a cela de forma silenciosa, para que o detento não acordasse, enquanto eu o observava imóvel do lado de fora.

O gigante entrou e caminhou em direção ao detento e retirou uma faca imensa dessas de churrasco, e eu vi o brilho da lâmina descendo em direção ao abdome do prisioneiro, que acordou de supetão.

— Pai! Não faça isso! Por favor! — Não sei como encontrei forças para gritar para que o gigante parasse.

O que meu pai não sabia, apesar da experiência que tinha em trabalhar do lado de fora da delegacia, é que quando um preso teme pela vida, ele dá um jeito — não sei como — de tentar defendê-la. O mesmo cara que atropelou minha irmã, retirou uma lâmina, talvez uma serra ou algum pedaço de ferro que amolou por horas a fio, e aproveitando do momento em que meu pai me olhou quando eu gritei para que ele parasse, o bandido cravou aquela lâmina artesanal no pescoço do gigante. Papai, ainda com uma lâmina atravessada no pescoço, não sei de onde ele encontrou forças e continuou a esfaquear o assassino de minha irmã.

Após ter certeza de que o detento estava morto, papai caiu ajoelhado no chão e rastejou em minha direção.

Ele estava com os olhos aflitos. Queria me dizer algo, mas o pedaço da lâmina atravessada na garganta, fazia o sangue de forma pulsátil jorrar em minha direção e respingar em meu rosto, enquanto o gigante em seus últimos momentos e usando o resto de suas forças, tentava se aproximar.

Corri na direção do gigante, enquanto ouvia o barulho dos investigadores descendo a escada.

Sentei no chão e repousei a cabeça de meu pai em meu colo e comecei a chorar.

O sangue saía pela boca do gigante em forma de uma espuma vermelha enquanto emitia um som que parecia um gorgolejo.

O gigante usando de suas últimas forças, apontou o dedo para si próprio, e em seguida colocou a mão no próprio coração, cerrou as mãos e a colocou a mão em meu peito, sobre meu coração, até que a mão perdeu a força, deixando um rastro de sangue em minha camisa branca.

A última palavra dita por meu pai havia sido: Justiça e seu último gesto foi dizer que me amava.

Sim, naquele momento eu tive a certeza de que ele me amava, de uma forma silenciosa, do jeito que o só o gigante conseguia me amar e meu grito o sentenciou a morte, da mesma forma que havia feito com minha irmã.

Fui tomado por uma sensação de náusea e uma vontade de chorar.

Olhei para o final do corredor e vi o duende se aproximar com as orelhas pontudas e o sorriso maligno.

Foi a última imagem que vi, antes de tudo tornar-se uma neblina que me fez desconectar do mundo real.

QUARTO CÍRCULO
PRUDÊNCIA

Quando abri meus olhos, estava no quarto do hospital.

Minha mãe estava sentada numa cadeira ao meu lado, enquanto a senadora estava em pé, ao lado de minha mãe, com as mãos apoiadas no ombro dela. Ambas tornaram-se amigas, pois sempre se falavam ao telefone e, quando podia, a senadora Marta Helena vinha nos visitar. De fato, ela demonstrava uma preocupação excessiva comigo.

— Cadê meu pai? — Perguntei olhando para o rosto de minha mãe.

— Filho, seu pai faleceu na véspera de Natal. Ele matou o homem que atropelou sua irmã. Você ficou desacordado por 2 dias, e o hospital já designou uma psicóloga para acompanhá-lo. — Respondeu minha mãe, enquanto segurava minhas mãos.

A senadora olhou para minha mãe.

— Amanda, eu já pedi para uma excelente psicóloga vir de São Paulo para cuidar dele. Ela já está a caminho. Não podemos deixar que a mente de Dário seja tratada por qualquer pessoa. A profissional que contratei é docente na área há mais de 10 anos, além de ter PHD em Harvard. Ela virá em meu jato particular, e acredito que já deva estar pousado em Campinas, onde meu motorista irá trazê-la para Brotas.

Mamãe olhou para a senadora e a abraçou.

— Obrigado, Marta, por tudo o que você tem feito por meu filho, ainda mais nesses momentos tão turbulentos em nossas vidas.

Os olhos da senadora se encheram de lágrimas.

— É o mínimo que posso fazer para tentar ajudá-los. Também acho interessante que a psicóloga converse com você, Amanda, afinal você é a mãe de Dário e precisará saber como conduzir essa situação. Acho interessante você esperar a psicóloga chegar para ela conversar com Dário e deixá-la falar sobre aquele outro assunto.

Minha mãe começou a chorar. Tive a impressão de que nascia entre as duas uma grande amizade.

— Mãe, como vamos fazer sem o papai? Isso não pode estar acontecendo! Primeiro perdi meu avô, depois minha irmã e agora meu pai. Isso não é justo!

A senadora afagou meu rosto, enquanto minha mãe começou a chorar.

— Dário, cada um de nós temos o nosso tempo na terra. Ninguém viverá eternamente. Sei que não é fácil perder alguém que tanto amamos, e como lhe disse, também já passei por situação semelhante. Sei que seu sofrimento deve ser maior do que o meu, pois você teve mais perdas em curto espaço de tempo. Mas lembre-se, amanhã é um novo dia, onde renasce a esperança de um dia melhor. Estarei aqui para ajudá-lo, no que precisar e me comprometo a não lhe deixar faltar nada em sua vida e lhe garantir que você tenha tudo o que desejar ou o que o dinheiro seja capaz de comprar.

Mamãe segurava minhas mãos se esforçando para conter o choro.

Não sei por qual razão, mas naquele dia no hospital ela estava usando o mesmo vestido surrado e florido que tinha o costume de usar, incapaz de perder a beleza e o carisma. O rosto estava abatido, as olheiras destacavam-se mais do de que costume. Percebi, naquele momento, que algo havia mudado em minha mãe. Sim, ela sofria pela perda de meu pai, mas parecia que ela escondia um segredo.

A senadora continuava a consolar minha mãe, até a chegada da psicóloga, que não demorou para entrar em meu quarto.

Era uma senhora, que beirava os 30 anos, tinha os cabelos negros preso por um rabo de cavalo. Usava óculos com armação vermelha que se destacava na pele branca.

A psicóloga depois de se apresentar para a senadora, saiu com minha mãe do quarto. Acredito que ela ficou por quase uma hora conversando com ela, enquanto a senadora me ensinava a usar o presente que ela havia comprado em Miami (uma cidade do estado da Flórida, nos EUA que eu sequer imaginava que existia). Era um walkman, que tocava os famosos CD que tinham leitura a laser. Era o ápice da inovação tecnológica, um sonho de consumo, realizado por poucos afortunados.

Junto com o walkman, ela me deu uma coleção de CDs de bandas que eu sequer sabia que existiam. Pink Floyd, Nirvana, Queen, além de um CD autografado de uma banda chamada Gun's in Rose, que acabava de lançar uma música chamada November Rain, música esta que eu não cansava de ouvir, pois novembro havia sido meu último mês de aula antes de entrar no colegial, além do último mês ao lado de minha família completa.

A chuva de novembro era carregada de gotas de felicidade, comparado a tempestade que se tornara o mês dezembro de 1991.

Mamãe entrou no quarto, acompanhada da psicóloga. A sessão dela havia se encerrado, e os olhos vermelhos denunciavam o choro e as angústias que a atormentava.

Ela olhou para a senadora que compreendeu que era para sair e nos deixar a sós.

A senadora abraçou minha mãe e ambas saíram do quarto, me deixando a sós com a psicóloga.

— Ei, Dário, está tudo bem com você?

Talvez essa tenha sido uma das perguntas mais idiotas que alguém com graduação em Harvard tenha feito para uma pessoa que vivia a pior fase de sua vida.

—Vi meu avô sangrar até a morte, assisti minha irmã morrer segurando minhas mãos enquanto o pneu de um caminhão estava estacionado em cima do abdome dela, vi meu pai morrer com uma lâmina pontiaguda atravessada na garganta enquanto ele se sufocava com uma espuma de sangue que saía de dentro da própria boca, e você me pergunta se está tudo bem? Você tem certeza que se graduou em Harvard?

A psicóloga riu. Mostrava uma segurança além do normal. Estava apenas realizando uma consulta informal, pois já havia coletado a grande parte das informações com minha mãe, que demonstrava precisar mais de ajuda do que eu.

— Estou aqui para ouvi-lo, Dário. — Respondeu a psicóloga, enquanto me observava dos pés a cabeça.

— Vamos direto ao assunto. — Respondi enfurecido. — Eu perdi meu avô, minha irmã e meu pai. Em nenhum momento eu precisei de psicólogo e tenho certeza de que não vou precisar.

— Compreendo, Dário. Como lhe disse, estou aqui para lhe ajudar e lhe ouvir. Lamento pelo que aconteceu com sua família. Sua mãe me disse que você vem se sentindo culpado pela morte do seu avô e de sua irmã.

Quem ela pensa que é para querer dar palpite na minha vida? Se ao menos fosse o Tigre. Pensei enquanto olhava para psicóloga. Estava com tanta raiva dela que sequer quis saber o nome. Fiquei calado. Era meu direito, apesar de não estar diante de uma autoridade policial. E assim o fiz por quase uma hora enquanto ouvia meus CDs, até que ela se deu por vencida.

Assim que ela saiu, minha mãe aguardava na porta. Trocaram algumas palavras até que a enfermeira entrou e colocou na minha mão um comprimido para que eu tomasse.

Quase uma hora depois, mamãe voltou para meu quarto, carregando uma receita médica na mão.

— Oi, Dário. Por que você não quis conversar com ela? A psicóloga veio de São Paulo apenas para lhe ajudar. — Afirmou minha mãe, com os olhos melancólicos e sem brilho.

— Mãe, não quero conversar com ninguém. Só quero ficar perto de você. Quero ir embora. — Respondi me sentindo meio atordoado e sonolento.

— Filho, eu e Marta Helena achamos que seria interessante que ela conversasse com você, mas como você não deu oportunidade para ela, preciso tratar de outro assunto. — Disse minha mãe, com os olhos enchendo de lágrimas, enquanto ela apertava minha mão, mais do que o normal.

— O que foi mãe, diga logo que você está me assustando. — Disse a ela, ainda atordoado, pelo efeito do remédio, sem deixar de observar a porta entreaberta do quadro do hospital e do lado de fora um médico e uma enfermeira me observavam a distância, prontos para entrarem em cena se necessário.

— Filho... — Falou minha mãe caindo em prantos. Levou alguns minutos para ela se recompor, sem soltar minha mão.

— Mãe, diz logo o que você tem para dizer. Estou ficando com medo. — Respondi sentindo meu coração acelerar. Para quem havia perdido as pessoas que mais amava há alguns dias, nada poderia ser pior.

Mamãe soltou minhas mãos para secar o rosto com o lençol que me cobria, voltando a segurá-la. As mãos dela estavam trêmulas.

— Filho, aconteceu outra tragédia. Seu irmão, quando ficou sabendo da morte de seu pai, logo após a perda de sua irmã, quis vir para o Brasil para nos apoiar. Disse a ele que não seria prudente. Pedi para ele ficasse dizendo que estava tudo bem comigo e com você e, quando desse, nós iríamos visitá-lo, pois Marta Helena me entregou ontem nossos passaportes. Ela achou importante que viajássemos, para que você aproveitasse o final das férias com um pouco de paz e tranquilidade. Insisti para que seu irmão não fizesse essa viagem, que não iria dar tempo sequer para ele participar do velório, mas você sabe que ele sempre foi teimoso e decidido que nem seu pai. O avião dele, por alguma razão, perdeu altitude e caiu em uma área montanhosa. O avião explodiu na hora. O corpo de Ricardo foi um dos primeiros a ser identificado, e graças a influência da senadora o corpo chegou em Campinas e depois foi transportado a tempo para que o sepultássemos junto com seu pai, ontem no mesmo túmulo de nossa família. — Falou minha mãe desabando-se em prantos, o que não tardou para que a equipe que estava na porta entrasse e a levasse para a sala de medicação.

Eu estava atordoado. Como se tivesse em uma névoa. Não sei que porcaria de remédio haviam me dado, mas de qualquer forma o mundo girava e eu não queria acreditar no que estava acontecendo.

O mundo resumia-se em minha mãe e eu.

Uma técnica de enfermagem entrou no meu quarto para ficar comigo, mas pedi para que ela saísse. Eu precisava ficar sozinho por alguns minutos e tentar absorver a situação.

A auxiliar não fez questão em sair, após certificar-se de que eu estava meio "dopado".

Lembrei-me do pacto que havia feito com aquele maldito duende. Foi preciso eu perder meu avô, minha irmã, meu pai e meu irmão para perceber que havia alguma conexão entre as perdas. Uma bola de neve incontrolável, que começou praticamente minutos após ter feito o juramento de sangue com aquela maldita criatura.

Passei a mão em meu pescoço e mesmo atordoado, encontrei o pingente do trevo de quatro folhas. Meu primeiro e mais valioso presente, que havia ganhado do tigre.

Esfreguei-o.

Quase de imediato aquele ser vil, apareceu em minha frente, em pé sobre a mesa que usavam para colocar as bandejas de comida para os doentes que não conseguiam sair do leito.

A mesa de forma inexplicável começou a se movimentar carregando aquele ser maldito.

— Olá, Dário, Osdrack sentiu sua falta. Sentiu sim. — Disse ele, com o sorriso que emendava uma orelha a outra, e com o mesmo pedaço de pano, caindo e tapando o olho.

Ele pegou o dedo disforme e gigante e o enfiou no nariz maior do que o de um tamanduá, retirando uma secreção gosmenta amarelo esverdeada e esfregou na camisa (que parecia ter sido feita com um tecido rústico).

—Você é a criatura mais porca que já conheci! — Disse enquanto assistia ele limpar aquela secreção nojenta na própria roupa.

— Osdrack não é porco. É duende. Duende sim! — Falou enquanto sentava-se e cruzava as pernas deixando à mostra os pés gigantes, desproporcionais ao corpo. — Por que você chamou Osdrack? Porque chamou? — Perguntou mantendo aquele sorriso sinistro, deixando a mostra os dentes pontiagudos, que naquele momento eu conseguia observar com maior nitidez.

— É porque eu quero que você traga de volta meu avô, minha irmã, meu pai e meu irmão. Tudo isso aconteceu depois que eu lhe conheci. Seu maldito! — Falei quase que gritando (se bem que por causa do remédio, talvez meu grito havia sido um breve sussurro).

— É proibido. Agora Dário tem casa nova, tem carro na garagem, computador, videogame, vai estudar fora, e vai viajar pelo mundo e vai ser rico. Vai sim, ser rico! — Respondeu enquanto cruzava os braços. — Pacto é pacto e Osdrack cumpre com o prometido. São nove círculos, você está no quarto... Está no quarto mesmo, disse caindo na gargalhada apontando o dedo disforme a meu redor, fazendo me perceber que eu estava confinado no quarto do hospital.

— Mas eu não pedi para que as pessoas que eu amo morressem. Eu quero eles de volta! É uma ordem e nós temos um pacto. Você tem que fazer o que eu mando! — Disse, olhando para o duende que se contorcia de tanto rir, bem em minha frente.

— Fizemos um pacto. Osdrack fez com Dário jura de sangue. Quem morreu, se fudeu. — Afirmou, enquanto continuava sentado sobre a mesa, agindo com naturalidade.

—Você é o culpado pelo que está acontecendo com minha família. Assuma! Eu te libertei e se não fosse por mim, você teria morrido.

— Privilegiadas são as pessoas que tem fortuna e felicidade. São poucas, são sim. Você escolheu a fortuna, lembra? Osdrack lembra, quando você pediu: *"Eu quero o mundo! Quero ser a pessoa mais rica de todo o planeta e que todos saibam quem eu sou"*. Só que você é burro, tinha que ter pedido dinheiro e felicidade. Só não soube fazer o pedido, Dário burro! — Respondeu o duende, enquanto eu tentava encontrar forças para avançar e esganar com minhas próprias mãos aquele serzinho desprezível, só que não as encontrava por causa da droga de remédio que haviam me dado. Por outro lado, eu tinha um certo alívio, pois acabara de encontrar o causador de todos os problemas e precisava dar um jeito de acabar com ele, ou quem sabe encontrar e capturar outro duende e pedir para que ele trouxesse minha família de volta.

— Eu não sou burro! Você é que é! Tem que existir um jeito. Você não pode mentir para mim, pois eu salvei a sua vida. Eu lhe dei a liberdade. Agora me diga, o que eu preciso fazer para quebrar o pacto?

— Tem um jeito, Dário burro. Só que até hoje nenhum humano conseguiu quebrar o pacto, menino idiota. Você é menino idiota. — Afirmou enquanto brincava com as orelhas pontiagudas.

— Então me diga e eu prometo que não lhe arrebento! — Falei, sentindo meu corpo enfraquecer e minha vista ficar turva.

— É só você decifrar o enigma do "labirinto dos nove círculos", Dário. Nove Círculos. — Respondeu enquanto voltava a enfiar o dedo desproporcional no narigão.

Na situação na qual me encontrava, não tinha opções de escolha. Conforme o asqueroso havia me dito, eu estava no quarto círculo, e por mais que eu pensasse não conseguia descobrir o que representava cada círculo.

— Que labirinto é esse de nove círculos que você está falando? — Perguntei, tentando me levantar da cama, mas não tinha força suficiente.

O duende riu. Ficou em pé na pequena mesa e coçou a bunda com o mesmo dedo que havia enfiado no nariz.

— Tá vendo, Dário é burro. Muito burro! — Não foi prudente quando fez o pedido. O pedido. — Respondeu e desapareceu em uma nuvem de fumaça.

Assim que ele desapareceu fiquei pensando sobre o que seriam esses nove círculos de que ele havia falado. Havia sim uma chance de interromper toda a catástrofe que se abatia sobre minha vida.

Maldito pacto!

Sacrificaria minha vida, se preciso fosse, para poder ter de volta as pessoas que tanto amava.

Percebi que a medicação começou a fazer efeito, enquanto o quarto tornava-se mais nublado, até que adormeci.

QUINTO CÍRCULO
CALMA

O dia 27 de dezembro de 1991 foi uma data marcante. Tive alta do hospital assim que o efeito do remédio passou, um dia depois do sepultamento de meu pai e meu irmão. No caminho de casa, percebi que minha mãe estava mais quieta do que de costume.

Passei a maior parte do tempo dentro de meu quarto, um pouco sonolento, ouvindo meu CD do Nirvana, em especial o álbum *Nevermind*, que trazia um menino nadando atrás da nota de um dólar presa em um anzol.

Aquela imagem me atormentava, pois eu tinha a sensação de que aquela criança na capa da daquele CD era meu reflexo, exceto por uma grande diferença. Eu havia sido fisgado, e não era um bebê.

Havia me tornado um adolescente e, aos quinze anos de idade, possuía um imóvel, dois carros zero quilômetros na garagem, e poderia ter em minhas mãos o que eu quisesse, bastava apenas eu pedir e a senadora não tardaria em me dar.

O incrível, é que mesmo você podendo ter aquilo que você quer, às vezes, começamos a perceber que o velho ditado "Há coisas que o dinheiro não pode comprar", é verdadeiro, e posso exemplificar como trazer meu avô, minha amada irmã, meu pai e meu irmão de volta.

Passei praticamente o dia todo dentro de casa, ouvindo meu CD repetidas vezes ou jogando no meu Atari. Quando cansava, ia tentar descobrir como é que funcionava o computador *powerbook* da Apple, que havia chegado no dia anterior, por uma encomenda internacional. Presente da senadora, é claro.

O fato é que as vezes eu não conseguia me controlar e desabava a chorar. Tudo o que vinha em minha mente eram imagens, dignas de um bom filme de terror... Meu avô sangrando pelos olhos e pela boca, minha irmã ensanguentada embaixo do pneu de um caminhão, meu pai com aquele pedaço de ferro atravessado na garganta e corpo do meu irmão carbonizado em meio aos destroços de um avião.

Lembrei do maldito duende atendendo ao meu chamado. Se era o efeito colateral do remédio ou alucinação, não sei responder. Tudo o que sei é que em minha mente passavam um turbilhão de pensamentos e ideias malucas. Cheguei a pensar que até que a história do duende fosse imaginação, porém o pingente de um trevo de quatro folhas que havia ganhado do tigre e a cicatriz do pacto em meu dedo me provavam o contrário.

O fato era que minha mãe não estava bem. Eu precisava apoiá-la, pois ela havia passado por um turbilhão de emoções. É claro que o sofrimento de uma mãe é maior, se pensarmos que ela havia perdido dois filhos e o marido.

Olhei para o relógio, que se aproximava das quinze horas. Desliguei meu videogame e fui até a cozinha, onde encontrei minha mãe sentada, olhando as fotos da família dispostas sobre a mesa.

— Mãe, guarde esse álbum. Isso só irá piorar seu sofrimento. — Disse, enquanto a abraçava.

Ela começou a chorar.

— Filho, eu sou culpada pela morte de seu pai. Eu não devia ter saído de casa. Se eu tivesse ficado lá, dado o apoio necessário, ele poderia estar vivo. Foi o maior erro de minha vida.

— Mãe, você não teve culpa. Você fez o que tinha de ser feito, pois se procurarmos alguém para culpar, o culpado sou eu, pois se eu tivesse segurado a bicicleta de Letícia a tempo, ela estaria bem e meu pai não teria ido a delegacia para matar o motorista que atropelou minha irmã. Eu sou o verdadeiro culpado. Mamãe secou as lágrimas do rosto com o dorso da mão.

Pegou um copo e pingou algumas gotas de um remédio — acredito que o médico deva ter passado para ela após a notícia da morte de meu irmão e de meu pai — e a seguir abriu a garrafa térmica e misturou com o chá. Encheu outro copo com o mesmo chá e me entregou.

— Dário, você é apenas um menino. Não tem culpa de nada do que aconteceu. Acho importante você consultar com a psicóloga, nesse oceano de turbulências. Ela virá amanhã aqui em casa para conversar com você e, por favor, dessa vez seja sincero com ela. Ela pode ajudá-lo a lidar com todo esse sofrimento que estamos enfrentando. — Falou, enquanto tomava num só gole o chá com as gotinhas do remédio.

O rosto de minha mãe estava diferente. Ela continuava bela, mas as marcas do sofrimento (olheiras, olhos vermelhos de tanto chorar e o olhar triste) pareciam tê-la transformado em uma outra pessoa. Ela continuava usando o vestido simples e florido que sempre gostava de usar. Havia substituído a vaidade por uma angústia indescritível.

Foi então que ouvi um som estridente invadir a casa.

— O que é isso mãe? — Perguntei com os olhos arregalados.

Minha mãe riu. Ao menos minha pergunta havia feito com que ela deixasse de sofrer por alguns minutos.

— É o telefone, Dário. Foi instalado ontem, quando você estava no hospital. Deixe-me ir atender. Deve ser sobre a entrevista de emprego.

— Entrevista de emprego? Como assim mãe? — Perguntei levantando-me da mesa e caminhando ao lado dela em direção à sala.

— Sim, Dário, não acho certo viver dependendo de dinheiro de outras pessoas. Concordo que a senadora Marta queira lhe ajudar e que ela tenha surgido na sua vida como se fosse sua fada madrinha, mas eu quero ter minha independência. — Respondeu tirando o telefone do gancho e esticando o fio em espiral que permitiu que sentasse na poltrona colocada ao lado do aparelho. Eu sentei no sofá oposto enquanto ouvia a conversa de minha mãe.

Após alguns minutos minha mãe desligou.

— Filho, vou ter que ir até o banco para uma entrevista. Decidi seguir a ideia de sua psicóloga e ir trabalhar como estagiária e depois, se tiver sorte, posso ser contratada enquanto espero sair o edital do concurso.

Para os olhos da pequena cidade de Brotas, era esquisito, minha mãe, uma mulher linda, morando em um bairro nobre, com motorista em casa e dois carros zero na garagem ir à procura de um emprego.

— Mãe, você não precisa disso. O que a senadora nos repassa mensalmente é mais do que precisamos.

Minha mãe saiu da poltrona, veio e sentou-se ao meu lado.

— Dário, tudo o que temos está em seu nome. Sou uma das poucas mães que tem o privilégio de saber que se eu morrer amanhã, você irá ficar bem. O dinheiro que você já tem na sua poupança dá para você custear até uma faculdade privada. Mas, sua mãe, não foi educada desta forma e por isso me apaixonei pelo seu pai. Não somos capazes de prever o dia de amanhã, além de que o contato com outras pessoas no novo emprego, será melhor do que eu ficar trancada dentro de casa.

Ela tinha razão. De fato, ficar trancafiada em casa, já não era necessário para minha mãe, pois tínhamos uma faxineira e uma cozinheira, além do motorista que ficava à disposição. Seria um tédio, além de aflorar todo o sofrimento. Talvez a sugestão do emprego tivesse sido uma boa ideia da psicóloga.

— Se a senhora insiste. Quem sou eu para discordar. — Afirmei, apesar do momento ter durado pouco, pois o sorriso fora substituído pela face de tristeza.

—Você quer ir comigo até lá? Ia ser bom você sair um pouco de casa. Andar, tirar os resquícios do remédio que você tomou hoje de manhã. Não sei se te falei, mas ontem no hospital teve uma hora que entrei no seu quarto e parecia que você estava falando com alguém, como se ele estivesse na sua cama em cima da bandeja de refeições. Tentei compreender o que você falava, mas estava incompreensível. Preferi não incomodá-lo e deixá-lo descansar. — Disse minha mãe, ainda sentada ao meu lado.

Ela havia aberto a porta na hora em que eu estava falando com aquele maldito duende. Juro que nesse momento tive vontade de falar a verdade para minha mãe, poder desabafar e contar que eu era o principal responsável pela tragédia que assolava nossa casa, por causa do pacto que eu havia feito com o duende, contar sobre o enigma dos nove círculos — que por sinal, estava longe de minha capacidade decifrá-lo — e dessa forma quebrar a nuvem negra da maldição que pairava sobre nossas cabeças e aliviar a dor que sentia em meu coração.

Naquele dia, cheguei até a pensar em contar minha história para a psicóloga, mas se eu o fizesse, não tinha a menor dúvida que ela me encaminharia para um psiquiatra e a camisa de força e o tratamento de choque seriam inevitáveis. Esse era o tratamento para os esquizofrênicos que apresentavam grau elevado de alucinações, pelo menos era o que eu havia lido em um dos livros de meu pai. É claro que se a senadora chegasse a pensar que eu era louco e estava tendo alucinações, ela não iria nos ajudar mais, e apesar de uma gorda poupança, não podia me dar o luxo de perder o apoio daquele anjo de mulher que entrava em minha vida, ao mesmo tempo que eu era atormentado pelo espectro demoníaco daquele duende.

— Pois é, mãe. Acho que foi aquele remédio que me fizeram tomar. — Respondi, escondendo a verdade. Apesar de minha mãe ter sido sempre a pessoa mais confiável que conheci, todos os meus questionamentos que fazia, ela procurava meu pai para consultá-lo e depois vir com a resposta pronta. Talvez, se meu pai estivesse vivo ou até o velho tigre, esses sim seriam as pessoas mais indicadas para me ouvir, mas, infelizmente o destino os havia ceifado, assim como meu irmão e minha irmã.

Minha irmã... Que saudades eu sentia de Letícia! Mesmo ela sendo a filha predileta, eu venderia minha alma para tê-la de volta.

Lembro que saí com minha mãe minutos depois dessa conversa. Pensei que ela iria se arrumar para a entrevista, mas não. Ela usava o mesmo vestido florido. Cheguei até a pensar que ela tinha uma coleção desses vestidos.

O motorista nos aguardou na garagem e minha mãe sentou-se na frente e eu no banco de trás, tendo que usar o maldito cinto de segurança.

O carro era novo. Na verdade, para um menino de 15 anos, que apenas conhecia a cidade andando a pé, estar naquele carro, com cheiro de novo e o plástico encapando o banco de trás, era um momento de glória.

Assim que o portão se abriu e o carro saiu da garagem, não havia como. Todos olhavam, ainda mais, vendo um homem de paletó e gravata dirigindo o carro. Parecia um sonho, eu tinha o meu próprio motorista.

O carro seguiu por algumas ruas, até chegar na avenida Dante Martinelli — na época era uma das principais avenidas de acesso a cidade —, e Carlos, nosso motorista dirigia com prudência, e eu incomodado por estar num carro de última geração, atrás de um caminhão semelhante aos caminhões que carregam gasolina, só que menor.

— Carlos, acelera meu filho. Me disseram que esse carro é superpotente. Deixa esse caminhão para trás.

O caminhão devia estar a nossa frente numa velocidade de 60 km por hora.

Carlos riu e seguiu minha orientação, confiante na potência do motor do meu carro.

Ele enfiou o pé no acelerador a ponto de nos fazer colar no banco do carro.

— Não faça isso! — Gritou minha mãe.

O caminhão a nossa frente freou bruscamente. O pobre Carlos não teve tempo de parar, colidindo com violência na traseira do caminhão.

Carlos quebrou o pescoço e morreu na hora, além de um pedaço de ferro que cravou no abdome. Eu por sorte, por estar no banco de trás e usando o cinto de segurança, comigo não aconteceu nada.

Minha mãe ficou com a perna presa no carro, ao lado do corpo do motorista. Quando olhei para ela, havia um pequeno corte no rosto, que sangrava, em meio ao amontoado de milhares de pedaços de caco de vidro, espalhados no painel do veículo, onde notava-se que uma uma parte do caminhão havia entrado para dentro do carro — provavelmente usada para esvaziar o conteúdo líquido que o caminhão carregava —, e ficou bem em cima de minha mãe.

— Mãe, está tudo bem! Espera que vou chamar por socorro. — Disse arrependido pela minha imprudência.

— Ela me olhou, com um ar de tranquilidade. Jamais irei esquecer aquela expressão de ternura. A dor que ela sentia por ter o pé preso na ferragem, parecia redimi-la do sofrimento que havíamos passado.

Foi quando percebi que um filete líquido e fino semelhante a água, começou a escorrer pela estrutura usada para esvaziar o conteúdo do caminhão, que havia invadido o carro e derramava sobre a cabeça de minha mãe.

Ela começou a gritar e pedir para que eu saísse do carro.

No momento em que fui tentar ajudá-la, alguém me tirou do carro e me segurou com toda a força para que eu não tentasse socorrê-la.

Lembro-me que era um homem, obeso, afrodescendente.

— Menino, não olhe para ela! — Era a única frase que ele dizia enquanto me afastava.

Um cheiro de ácido se misturava ao cheiro de carne queimada, começou a sair do carro.

Era impossível não olhar e ver o rosto belo de minha mãe, desfazer-se como a parafina de uma vela, em meio ao urro de dor, enquanto o ácido despejava com maior volume sobre minha mãe, que implorava por socorro.

Pessoas começaram a surgir, pedindo que eu tivesse "calma" e que me tirassem de lá.

Eu lutava com todas minhas forças. Queria poder ajudá-la, mas várias pessoas me seguravam. Era impossível escapar delas.

O caminhão estava carregado com ácido sulfúrico, em uma concentração bem acima do uso normal.

A última imagem de minha mãe, foi de seu globo ocular escorrendo pelo rosto em meio à pele derretida, devido ao furo produzido no cocuruto pelo jorro contínuo do ácido.

As pessoas me afastaram do carro.

Mamãe já estava morta antes do carro pegar fogo e explodir.

SEXTO CÍRCULO
CEMITÉRIO DOS SONHOS

Acordei no dia seguinte em tempo para sepultamento de minha mãe, e fui liberado do hospital.

Estava arrasado.

Havia perdido minha família. A pequena cidade de Brotas, tornara-se menor.

Restavam apenas meu tio Valdir, minha tia Odete e o pentelho do meu primo Cássio, que por mim ele já podia enfiar no rabo a porra do Atari. Eu já tinha o meu, com mais jogos do que ele, tinha um computador, um carro zero quilômetro e uma casa com piscina e quadra de futebol. Só não tinha a minha família, o mais importante.

Já se aproximava das 10 horas, e velório localizado ao lado do hospital, estava lotado, além da imprensa é claro.

Quando eu saí do hospital com meu tio Valdir, vários seguranças vestindo um terno e engravatados aproximaram-se, protegendo-me da imprensa, indiferente a chuva fina que começava a cair. Não demorou para que a senadora aparecesse, com os cabelos loiros e ondulados caindo sobre o ombro, usando um blazer preto que destacava sobre a camisa branca, combinando com a saia. Ela veio segurando um guarda-chuva e me abraçou. Um abraço longo e apertado. Senti o cheiro do perfume importado que ela usava.

— Dário, não tenho palavras para expressar meu sentimento de tristeza, diante dessa tragédia que abateu sobre sua família. Saiba que você não está sozinho.

— Marta, tudo o que eu quero è minha família de volta. —
Disse a ela enquanto as lágrimas escorriam de meus olhos.

Ela ficou cabisbaixa. Parecia compreender a dor que eu estava
enfrentando.

Os seguranças continuavam a afastar os repórteres.

Enquanto caminhava em direção ao velório, pude ouvir um
dos repórteres dizendo: "Coitado desse menino. É o moleque
mais azarado do mundo!". Os seguranças abriam passagem em
direção ao velório, que se localizava ao lado do hospital, e, diga-se
de passagem, "o hospital" havia tornado uma referência triste em
minha vida. Não queria acordar lá outra vez, e depois descobrir
que alguém especial havia morrido.

A senadora segurou minha mão e caminhamos em direção ao
velório. O espaço era pequeno, mas suficiente para velar um corpo,
que permaneceria naquele local por curto período de tempo.

A imagem de minha mãe, derretendo-se com uma vela, iria me
assombrar pela vida toda, mas também me fez perceber o quanto
somos insignificantes diante desse universo.

Ao entrar no velório, havia diversas coroas de flores dispostas
ao lado do caixão de minha mãe. Juro, que cheguei a ficar com
medo de ver a imagem do rosto derretido dela, sem um dos olhos,
mas por prudência, o caixão estava lacrado, e sobre a cabeceira,
havia uma foto de minha mãe, usando o vestido simples e florido,
com o olhar cheio de tristeza.

Enquanto observava a foto, a senadora se aproximou.

— Dário, foi a única foto de sua mãe que consegui, pois ela a
tirou para enviar junto ao currículo que ela entregaria no banco.
Nem sabia que ela estava arrumando emprego. Ela não precisava.
O que você recebe dava para vocês viverem bem.

Confesso que cheguei a ter vontade de brigar com a senadora,
pois de certa forma, o carro e o motorista que ela nos arrumou
havia sido presente dela, e, de forma indireta, foram responsáveis
pela perda da minha mãe, e casa que ela nos deu, fez minha mãe

largar de meu pai, e ele cometer a besteira de matar o homem que atropelou minha irmã. Mas como ela iria saber o que estava por acontecer? Ela não tinha culpa, e se havia um culpado eu o conhecia muito bem. Era por pedir ao motorista para enfiar o pé no acelerador, sem deixar de fora é claro o diminuto ser filho da puta, que era o verdadeiro responsável por tudo o que estava acontecendo.

Debrucei-me sobre o caixão de minha mãe, e chorei, compulsivamente.

O olhar dela na foto me fazia sentir culpado.

Fiquei ao lado do caixão por mais alguns minutos, sem deixar de ouvir os cochichos de algumas pessoas. "Esse menino é uma desgraça, onde ele passa só dá azar", "esse moleque precisa ir na igreja, deve ter algum demônio na casa dele, fazendo esse tanto de coisa ruim acontecer" (e por sinal essa última frase que ouvi era a que mais tinha fundamento).

Quando os ponteiros do relógio, aproximaram-se de 10h, algumas pessoas pegaram a alça do caixão de minha mãe e o levaram até o carro fúnebre da funerária. O carro preto, a mesma cor que meu destino se transformara.

A senadora aproximou-se, pegou minha mão.

—Venha, Dário, você vai comigo até o cemitério para o enterro da sua mãe. Não vou deixar nenhum desses abutres se aproximarem de você. — Disse a senadora com rancor olhando para a imprensa alvoroçada.

Saí ao lado de Marta, amparado pelo forte esquema de segurança com apoio da polícia local e seguimos até o cortejo, atravessando a cidade em direção ao cemitério.

Ao chegarem, os veículos pararam em uma das entradas, e o caixão com o corpo de minha mãe foi retirado e a acompanhamos, junto com diversas pessoas até o jazigo da família, onde estavam os nomes de meu avô, de minha irmã, de meu pai e de meu irmão. Todos falecidos no mês de dezembro. O nome de minha mãe naquele fúnebre momento juntava-se aos deles.

Devido aos seguranças, as pessoas não se aproximaram, exceto por uma menina de minha sala, chamada Érika, que driblou a segurança e segurou minhas mãos e depois me abraçou.

Apenas meu melhor amigo sabia o quanto eu era apaixonado por ela. Pena que o momento em que ela apareceu não era o mais oportuno. Mas de qualquer forma, eu sabia que iria revê-la em São Carlos, pois iríamos estudar no mesmo colégio. Foi confortante sentir a maciez e o calor da mão de Érika, o que durou pouco, pois a senadora mais que depressa a afastou.

Assim que o caixão de minha mãe foi sepultado no jazigo e a tampa foi lacrada, saí do cemitério acompanhado da senadora.

Entramos no carro, e felizmente a imprensa percebendo que não teria chance, dissipou-se.

— Dário, eu falei para todos que você iria comigo para Brasília. Só que não é verdade, fiz isso para despistar a imprensa. Tenho uma viagem de negócios marcada para hoje à noite, e volto no dia 31 para passarmos o ano novo juntos. Sei que você tem idade suficiente para saber o que é melhor para você, e gostaria de lhe fazer uma proposta. Devido aos negócios de minha empresa, no dia 31 eu já estarei morando no meu novo apartamento em Belo Horizonte. O apartamento é gigantesco, fica bem localizado em um ponto estratégico na cidade, e queria lhe convidar para que você fosse morar comigo. Sei que você tem seus tios que moram aqui, mas sua mãe me pediu que se algo acontece com ela era para eu tomar conta de você.

Fiquei pensativo na hora, mas, por outro lado, eu precisava me afastar das recordações que me afligiam e que se tornaram um tormento em minha vida.

É muito difícil você perder sua família. A nova casa, o carro zero quilômetro, computador de última geração e o videogame perderam seu significado. Daria tudo para trazer minha mãe de volta e apagar a imagem horrenda de seu rosto derretendo pelo efeito corrosivo do ácido. Queria ver o sorriso de Letícia e vê-la dançar com meu pai ao som da velha vitrola. Queria poder pescar outra vez com o tigre, só que dessa vez, levaria meu pai, o gigante, com toda sua intelectualidade, duvido que ele soubesse amarrar uma linha no anzol. Pagaria com minha vida se preciso fosse para ter isso tudo de volta.

— Senadora, vou querer ir morar com você. Brotas, infelizmente tornou-se uma cidade na qual me marcou com tristes recordações. Em qualquer lugar que eu vá, acabarei encontrando lembranças de minha família.

A senadora aproximou-se de Dário e o abraçou.

— Combinado, Dário. Você não está sozinho. Irá viver comigo e lhe juro por tudo o que há de mais sagrado que não vou deixar que nada falte em sua vida. Saiba que grandes provações sinalizam períodos de grande felicidade. — Disse a senadora contendo as lágrimas.

Até que chegamos na casa de meu tio.

Desci do carro e me despedi de Marta, que esperou o portão da casa de meu tio Valdir se fechar para arrancar com o carro.

Aproximei-me da porta. Pelo horário, se meu tio não tivesse chegado, não tardaria para ele chegar. Percebi que a entrada da casa estava silenciosa.

A casa de meu tio, depois que se fechava o imenso portão de metal, você entrava direto na garagem que dava acesso para a porta da sala.

Meu tio sempre deixava o portão trancado. Como ele sabia que eu estava para chegar, talvez ele tivesse deixado aberto.

O importante era que não tinha repórteres na frente da casa dele e eu trazia comigo a boa notícia de que não seria necessário eu morar com ele. Apenas iria ficar alguns dias e depois iria embora com a senadora, conforme era o desejo de minha mãe, e realizá-lo era o mínimo que eu podia fazer por ela.

Para meu tio, o fato de não precisar me abrigar sob o mesmo teto, com certeza seria uma boa notícia, apesar de eu ter detectado sinais de muita generosidade por parte dele em querer administrar meus bens depois de ter escutado uma das conversas entre ele e minha mãe, pouco antes de meu pai morrer.

Fechei o portão e bati na porta, mas ninguém atendeu.

Sei que se a senadora soubesse que não havia ninguém na casa de meu tio, tenho certeza de que ela teria pensado em uma segunda opção ao invés de me deixar esperando em meio a um turbilhão de sentimentos.

A casa de meu tio trazia recordações de meus pais, do quanto era bom os finais de semana e eu não soube dar o devido valor. Lembro-me de ficar jogando bola na garagem, com Letícia e meu primo Cássio, e as vezes minha tia Odete vinha e esbravejava com as pancadas da bola no portão.

Momentos bons acontecem em nossas vidas com frequência, o problema é que não sabemos aproveitá-los, e não damos o devido valor.

Maldito Duende! Maldito Osdrack! Maldito seja por toda eternidade. Eu precisava interromper o ciclo, após a perda de minha mãe. O que mais de ruim estaria para acontecer? Todas as pessoas em que eu mais amava se foram, por causa daquela maldita "criatura dos infernos".

Aproveitando que não havia ninguém na garagem de meu tio, acionei o pingente. Aquele ser medíocre teria que aparecer e isso fazia parte do pacto.

Foi então que ele surgiu em meio a uma cortina de fumaça na garagem de meu tio. Cheguei a lembrar daqueles guerreiros ninjas, que apareciam depois da explosão de uma bomba de fumaça.

— Ei, Dário idiota! Você precisa de Osdrack, seu idiota? — Disse enquanto se aproximava e acariciava as orelhas longas e pontudas. Usava o mesmo pano escuro que escondiam os olhos, destacando o nariz longo e pontudo, parecido com o de uma velha bruxa.

Me aproximei do serzinho filho da puta. Já tinha o pego uma vez, com certeza o pegaria de novo. Se ele tinha o poder de fazer aparecer tanto dinheiro em minha vida, com certeza ele teria a fórmula para trazer minha família de volta.

—Você sabe o que eu quero. É simples. Desejo que traga minha família de volta.

Ele riu, sem se importar que eu me aproximasse.

— Osdrack sabe o que Dário quer: "Eu quero o mundo! Quero ser a pessoa mais rica de todo o planeta e que todos saibam quem eu sou. Eu aceito o seu pacto, desde que você esteja comigo o tempo todo". Osdrack faz. Está fazendo de Dário a pessoa mais rica do mundo e Osdrack está o tempo todo com ele, às vezes invisível aos olhos de Dário, mas está junto, o tempo todo. Tá sim.

— Só que você não me falou que isso custaria a vida das pessoas em que mais amo! — Após ele escutar essa minha frase, o duende caiu no chão de tanto rir. Para ser sincero, aquela praga chorava de rir.

— Dário idiota. Não percebeu que a vida é feita de equilíbrio? Tudo tem um preço, moleque idiota, ou você acredita que iria dominar o mundo ao lado das pessoas que você ama? Essas pessoas que conquistam esse tipo de sucesso são pessoas muito mais evoluídas do que você seu idiota! Já as que conquistam fortunas, grande quantidade de dinheiro de forma fácil ou explorando outras, pagam o preço, cedo ou tarde elas pagam, que pode ser em forma de doença, morte, infelicidade, vícios (como o álcool e as drogas), ou até lhe damos o poder e depois tiramos e Osdrack jura que essas são as que mais sofrem. Todas as que não merecem são eternas sofredoras. Eu digo amaldiçoadas, só que elas não sabem. Amaldiçoadas sim.

— Só que você me passou para trás. Quando selamos um pacto ou assinamos o contrato, eu tenho o direito de saber as condições! — Falei, dando uma pequena pausa na minha aproximação, para que ele não percebesse.

Ele riu. Parecia divertir-se com meu sofrimento e hoje eu tenho certeza que essa maldita criatura se alimenta do sofrimento alheio.

—Você não perguntou para Osdrack, idiota. Se tivesse perguntado Osdrack teria falado. Sua ganância era maior do que o amor que você tinha por sua família. E como você não se importava com eles, Osdrack tirou. Tirou sim e o sofrimento deles trouxeram o direito para você ter acesso à fortuna que você terá em breve. Osdrack tem mais surpresa para Dário. Você já deu o primeiro passo para o sexto círculo. Só faltam mais três!

—Você me disse que tem uma forma de quebrar essa maldição. Ordeno que me fale! — Disse me aproximando, a ponto de quase tocar-lhe a orelha. Como era enorme meu desejo de segurar aquela "malditinha" criatura, em especial, após confessar que ele era o responsável pela morte de minha família. Minha vontade naquele momento era de fritá-lo em óleo fervente ou quem sabe, acionar "os homens de preto" (se é que eles existem), e dizer que aquela porra de criatura havia vindo do espaço. Ele seria furado do dedão do pé até o globo ocular. Isso era o melhor que eu desejava para ele.

O duende riu.

— Isso, Dário, alimente seu ódio! Alimente seu mais verdadeiro ódio! — Respondeu, como se tivesse lendo meus pensamentos.

Em um salto preciso, pulei em cima daquele duende desgraçado, e para minha surpresa, minhas mãos o atravessaram, como se eu tentasse segurar um fantasma.

Ele começou a rir.

— Dário idiota. Você só pode capturar o mesmo duende uma só vez! Uma só vez! — Disse desaparecendo, permitindo que eu ouvisse a sua risada por alguns instantes, até que tudo tornou-se silêncio.

Eu havia encontrado o culpado por toda a tragédia que assolava minha vida. O responsável tinha pelo menos 40 cm de altura, orelhas pontudas, barrigudo, pés e mãos desproporcionais ao tamanho do corpo, nariz longo e escondia os olhos sob um pedaço de pano. Uma descrição que seu contasse para meus tios, para a senadora ou até para a polícia, com certeza seria conduzido ao hospício mais próximo. A única prova que eu tinha era um pingente de ouro e uma cicatriz em meu dedo. Era óbvio que ninguém iria acreditar.

Foi então que vi o portão da garagem se abrir.

Minha tia Odete havia descido do carro e ela estava com uma cara horrível e ao me ver na porta ela ficou mais abatida.

— Olá, tia. A senadora me pediu para eu ficar com vocês por 3 dias, pois ela foi viajar. Ela virá me buscar para passar o ano novo em Belo Horizonte. Ela quer que eu vá morar com ela.

Minha tia ficou calada e começou a chorar.

—Tia, está tudo bem? — Perguntei enquanto vi o carro de meu tio entrar na garagem e percebi que havia outra pessoa sentado no banco de trás ao lado de meu primo Cássio.

—Tia, o que houve? A senhora está me assustando! — Falei, enquanto meu coração disparava.

Meu primo desceu do carro, com o rosto em pânico. Meu tio Valdir desceu em seguida.

— Desculpe, Dário. Você não merece passar por isso. Você acabou de perder sua mãe. — Falou minha tia prendendo o choro.

— Cala a boca, sua piranha! — Disse uma voz rouca, de um homem que saía do carro apontando uma pistola para a cabeça de meu tio Valdir.

Juro que quando vi aquele desconhecido, de quase dois metros de altura, cujos braços cobertos de tatuagem eram da grossura da perna de meu tio Valdir, e o rosto branco, com a pele cheia de cicatrizes de espinha, mal cobertas pela barba, eu não tive medo, pois sabia que aquilo era obra daquele duende asqueroso. O homem aproximou-se — foi quando eu notei uma cicatriz logo abaixo do olho direito dele, na qual ele tentava esconder cobrindo com o cabelo longo e anelado.

— Quem é esse moleque? — Perguntou o estranho que apontava a arma para meu tio.

— Ele não tem nada a ver com isso. Deixa ele ir, estamos acabando de voltar do velório da mãe dele. — Respondeu minha tia, gaguejando.

O cara riu. Usava uma camisa preta de um duende fumando um baseado. Aquela imagem era irônica, no mínimo uma brincadeira de mal gosto de Osdrack.

— Todo mundo para dentro! — Disse o bandido apontando a arma para a cabeça de meu tio depois de fazê-lo trancar o portão da garagem, e tirar um rolo de corda de nylon que estava no porta malas do carro.

Assim que entramos, o criminoso fez que todos nós nos sentássemos no sofá da sala. Eu e meu primo Cássio éramos incapazes de compreender o que estava acontecendo.

O bandido jogou a corda nos pés de meu tio.

— Valdir, quero que amarre e "bem amarrado" as pernas e as mãos de todo mundo. Se não fizer isso o primeiro a morrer será seu filho! — Ordenou, apontando a arma para a cabeça de Cassio que estava sentado a meu lado.

Senti minha perna amolecer, mas ao olhar para a camiseta e ver a imagem de Osdrack soava como uma afronta. Sabia que precisava tomar alguma atitude, ao menos para prevenir que algum mal acontecesse com meus tios, que eram o que havia restado de minha família.

Foi quando meus pensamentos se perderam ao ver meu tio levar uma coronhada na cabeça enquanto amarrava a perna de meu primo.

— Amarra essa porra direito ou seu filho vai morrer. Você perdeu o amor a seu filho, Valdir? Você quer que ele morra?

Meu tio tremia como uma vara verde.

Em minutos, ele amarrou as mãos e as pernas de minha tia, as minhas e as de meu primo Cássio. Em seguida, fez com que meu tio amarrasse as próprias pernas e a seguir amarrou as mãos de meu tio. De alguma forma ela sabia que meu tio Valdir não iria reagir.

Ele foi na cortina da minha tia e a rasgou com uma faca militar e fez quatro mordaças, e nos amordaçou um a um.

— Bem, Valdir, você deve estar se perguntando, por que logo eu, Otávio, estou fazendo isso. Eu sei que você sabe a resposta, seu filho da puta, ou você acha que um dia eu não iria descobrir?

— Falou, enquanto ia apontando a arma para a cabeça de cada um do sofá, exceto a minha, e isso não sei explicar.

Minha tia olhava para meu tio Valdir, mostrando nos olhos a verdadeira expressão de desespero.

— Sei que para você é novidade, Odete. Mas você sabia que seu marido estava trepando com a minha esposa? Você sabia que esse vagabundo fez minha esposa tirar todo o dinheiro que ela tinha na conta, que seria usado para pagar a faculdade de minha filha e fez a puta da minha mulher dizer que tinha doado o dinheiro para a igreja? Você sabia, dona Odete — disse ele brincando com a pistola, fazendo-a revirar nos dedos como nos filmes de bang bang —, que por causa desse porco, deste monte de bosta que tá sentado ao seu lado, eu matei minha mulher quando descobri a traição e por isso fui preso? Não é só isso não... Esse estrume de gente que você chama de marido usou o dinheiro da faculdade de minha filha pagando noitadas com prostitutas e ainda montou uma oficina aqui nessa cidadezinha para se esconder, achando que eu não iria encontrá-lo...

Titia olhava para meu tio, que ficou cabisbaixo. Fico tentando imaginar o que ela teria dito a meu tio, ao se deparar com uma verdade avassaladora. Em meu entender, Osdrack estava me mostrando o que as pessoas fazem por dinheiro. Tudo o que eu via eram lágrimas escorrer pelo rosto de minha tia, enquanto ela tentava se afastar de perto de meu tio, arrastando-se pelo sofá, como uma minhoca.

— Você sabia, dona Odete, que três anos depois de ser preso, minha filha se suicidou, com um tiro bem no meio dos olhos, isso bem depois dela ter que se prostituir, porque ninguém queria dar emprego a filha de um presidiário.

— Pois bem, dona Odete! Eu passei quinze longos anos na prisão esperando por esse momento. — Disse enquanto retirava um silenciador e o acoplava na ponta da pistola. — Sabe, dona Odete, quinze anos... Quinze anos de prisão podem revirar a cabeça de uma pessoa e é tempo mais do que suficiente para elaborarmos uma vingança perfeita para um crápula como o seu marido. Sabe, antes de tudo, eu tinha medo de morrer, mas hoje eu considero a morte como uma dádiva de Deus.

Minha tia chorava enquanto balançava a cabeça de um lado a outro, tentando implorar pelas nossas vidas, e acredito eu, que a exceção seria a vida de meu tio, pela expressão de fúria que tinha estampada na face, indiferente a mordaça.

— Não tenha medo de mim. Me veja como a mão esquerda de Deus ou do demônio, que clama por justiça. Anjo vingador ou demônio? Hein? Para mim, tanto faz.

Então ele levantou-se, aproximou-se de meu primo Cássio.

— Em memória de minha filha, Aline, espero que sua dor seja pior do que minha. — Disse com as mãos na cabeça de meu primo Cássio, olhando para meu tio Valdir, que estava sentado no sofá, amarrado e com a boca amordaçada.

Otávio encostou o silenciador na cabeça de Cássio, bem entre os olhos e disparou.

O sangue esborrifou para todo lado, até em meu rosto.

Meu tio urrava e relutava de um lado a outro.

Minha tia, após um grito de desespero e ao ver um pedaço de massa encefálica sair da cabeça de Cássio, desmaiou.

Meu coração disparou. Eu sabia que tudo era obra do duende, que amaldiçoava mais uma família, por causa de minha ganância.

O corpo de meu primo, caiu ao chão e após um espasmo convulsivo, foi gradualmente reduzindo. Cássio parou de respirar e as mãos ficaram arroxeadas até ele se tornar um cadáver.

Minha vida estava amaldiçoada.

Havia me transformado no representante direto da morte. Todas as pessoas que eu me aproximava ou que tivessem alguma consanguinidade morriam.

Restava apenas minha tia Odete e meu tio Valdir.

Sei que se existe alguém que merecesse levar uma bala bem no meio dos olhos era meu tio, mas no momento ele havia mijado nas calças.

Talvez tivesse aprendido a lição e sepultava mais um sonho assim como eu.

SÉTIMO CÍRCULO
PAZ

O dinheiro é uma das maiores ilusões. Essa foi minha conclusão após ver o corpo de meu primo caído ao chão, assassinado, pagando por um erro do próprio pai. Ele morreu sem saber a razão. Uma morte idiota, provocada pela cobiça.

Em minha antiga concepção, o dinheiro se não trouxesse a felicidade, mandava trazer. Ledo engano.

Descobri que neste mundo poucas pessoas sabem como encontrar a felicidade, e as que conseguem não saem por aí se exibindo ou mostrando para outros o que tem. A felicidade não está nos bens materiais, e sim em nossos relacionamentos; só que somos ofuscados pelo vislumbre da riqueza material e quando percebemos, deixamos a verdadeira felicidade de lado em troca de momentos de prazer que apenas massageiam nosso ego.

De que adianta ter uma Ferrari na garagem, se você ou alguém que você tanto ama está com os dias contados por uma doença terminal? A verdadeira felicidade está nos pequenos momentos, em um sorriso como de minha irmã Letícia enquanto meu pai dançava com ela ao som de uma vitrola. Ou em minha mãe que gostava de cozinhar e usar o mesmo vestido, ou nas longas caminhadas que eu fazia com meu falecido avô até o rio para pescarmos, enquanto colocávamos a conversa em dia repleta de sábios conselhos do velho Tigre. Ou quando meu irmão me carregava ainda pequeno nas costas imitando um cavalo em galope.

Eram momentos sublimes, as mesmas situações que acontecem a todo instante na vida de qualquer pessoa, e, assim como eu, muitas não sabem reconhecer a felicidade e um dia irão pagar o preço. Infelizmente as lágrimas fazem parte deste pagamento. Dizem que o sofrimento enobrece o homem. É a mais pura verdade, e eu diria mais, que além de enobrecer, fortalece, amadurece, enriquece a alma, nos purifica e, é claro, nos torna experientes para enfrentar novos desafios.

Minha tia estava amarrada. Ela chorava enquanto olhava o filho sem vida no chão, coberto por um tapete velho, deixando apenas uma mão pálida descoberta. Foi quando eu comecei a enxergar os verdadeiros valores da vida.

Na verdade, há momentos que chegamos a desistir, e depois de ter perdido toda minha família e estar assistindo a vida de meu tio se desmoronar, nada mais importava. Esse assassino poderia me matar, só que ele se comportava como se eu não existisse. O ódio dele era canalizado para meu tio, que continuava sentando no sofá, vendo a imagem do filho. Naquele momento, tive um grande desejo, que partia das profundezas de minha vontade. Queria saber o que ele pensava e se ele se arrependia do que ele havia feito. Uma vez eu li que os psicopatas não se arrependem, e sequer sentem emoções e cometem as piores crueldades e que o tratamento geralmente começa com dois "C's", um de cadeia e outro de caixão. Acho que não era o caso de meu tio e nem do assassino. Meu tio chorava, demonstrando uma emoção verdadeira, que eu acredito que estava misturada com remorso, só que era tarde. Podia compreender um pouco da dor dele, só que a minha era milhares de vezes pior, pois eu era inocente. Não fiz nada de errado a não ser em sonhar em um dia ser o homem mais poderoso do mundo.

O que há de errado em um adolescente que cresceu no meio da pobreza em sonhar em ter um futuro melhor? Talvez, meu erro tenha sido em sonhar alto demais, mas eu juro que já li em livros de que Alexandre o Grande, o antigo rei da Macedônia que criou um dos maiores impérios do mundo antigo, sonhava em conquistar o mundo, era o que ele dizia, e ainda ia além. Falava que se ele realizasse metade de seu sonho, já daria por satisfeito. Estamos falando da metade do mundo! Uma frase dita por um homem que morreu sem sequer perder uma batalha. Eu tinha que me inspirar nele, com uma diferença, eu estava começando a conquistar meu espaço, só que até o momento tinha perdido todas as batalhas travadas contra aquele maldito duende.

Até que meus pensamentos foram interrompidos, quando vi o assassino de quase dois metros, forte, retirar do bolso da calça um pequeno saco plástico, com um pó branco.

Apesar de ter quinze anos de idade, eu sabia que aquele pó era cocaína.

— Dona Odete, sei que é difícil perder um filho e como a senhora é casada com esse vagabundo, duvido que ele não tenha lhe contado sobre de onde veio o dinheiro. De qualquer forma, se você sabe ou não, eu quero que se foda. — Disse enquanto, abria o saco plástico e fazia uma carreira de cocaína sobre a mesa, ajeitando-a com a faca militar.

— Eu perdi minha vida. — Disse enquanto dava uma longa cheirada na carreira da droga, e nos olhava com aparência alucinada enquanto limpava com o dorso da mão (a mesma mão que segurava a faca), a cocaína grudada no nariz. — Quando perdemos quem amamos, a vida desmorona. Não acredito que a senhora, dona Odete, não tenha percebido que seu marido apareceu com uma grana alta na sua casa, como se tivesse surgido como num passe de mágica. Eu sei que ele montou a oficina, reformou a casa, comprou carro. Essa grana era da minha filha, porra! — Gritou, enquanto voltava a dar outra longa cheirada na carreira de cocaína.

Tia Odete tentava de qualquer forma falar, mas em vão. A mordaça apertava nossa boca. Éramos presas fáceis daquele criminoso.

—Vocês podem achar que sou um drogado, mas estão enganados. Eu nunca fui um assassino, até o dia em que um filho da puta surge do nada e destrói a sua vida… Como eu havia dito, não tenho má índole e para fazer o que pretendo fazer agora, preciso de uma dose extra de coragem. Por isso esta porcaria. Já perdi as pessoas mais importantes na qual as amava. A morte nesta altura da minha vida vai me trazer a paz.

O assassino estava enfurecido. De certa forma, algumas frases dele faziam sentido e eu sabia o peso delas, quando ele disse que a vida desmorona, quando perdemos alguém que amamos e que morrer é uma forma de encontrarmos a paz.

Ele pegou minha tia, pela corda que havia amarrado às mãos. Ela emitia um grito abafado pela mordaça.

A arrastou até a mesa da sala, na nossa frente, e a colocou debruçada.

— Bem, Valdir, você trepou com minha mulher não foi seu filho da puta? Agora você vai me ver trepar com a sua mulher e vai conhecer a sensação de ser corno.

Minha tia começou a debater-se como uma minhoca amarrada. Tentava gritar, um urro silencioso abafado pela mordaça. O criminoso percebeu que seria difícil. Pegou um generoso pedaço de corda e amarrou o tronco de minha tia debruçada sobre a mesa, e a seguir desamarrou as pernas de minha tia e tornou a amarrá-las, cada uma em uma das pernas da mesa, a deixando imobilizada e debruçada sobre a mesa e com as pernas abertas.

Meu tio fechava os olhos.

O assassino aproximou-se meu tio.

— Abra os olhos, seu monte de bosta. Ou você abre os olhos ou eu juro que pioro seu sofrimento. Você vai assistir eu comendo a sua esposa!

Eu era incapaz de saber o que meu tio estava sentindo naquela hora, mas sabia que o pior estava por vir, ao ver o bandido retirar um estilete do bolso de trás da calça jeans.

— Eu sabia que você era um covarde. Mas eu disse que você iria assistir eu trepando com a sua esposa e você vai assistir. Vai sim.

Ele aproximou-se de meu tio e deu um soco na cabeça dele, deixando-o desacordado. Neste período de inconsciência de meu tio, eu vi umas das cenas mais bizarras de minha vida.

O bandido com o estilete, cortou as pálpebras dos olhos de meu tio, que sangrava por todo o rosto.

Não tinha como meu tio fechar os olhos. Ele esquentou a faca no isqueiro e queimou a parte que sangrava, com cuidado para não furar os olhos de meu tio, cessando a hemorragia.

Após alguns minutos, meu tio, sem as pálpebras, soltou um urro de dor, enquanto olhava de um lado a outro em desespero, ao tempo em que chorava como uma criança. Um choro silencioso e abafado pela mordaça.

Então, ele caminhou em direção à carreira de cocaína e deu mais uma longa cheirada. A seguir foi em direção de minha tia, que estava amarrada e totalmente vulnerável.

Abaixou a calcinha dela e a seguir a rasgou usando a faca militar, enquanto a expressão do olhar de tia Odete, implorava por socorro.

A seguir ele baixou a calça e a penetrou, enquanto minha pobre tia debatia-se e as lágrimas corriam-lhe pelo rosto, em meio a grotescos movimentos de vai e vem.

Tio Valdir chorava. Era impossível que ele não assistisse. Eu, naquele momento, preferiria morrer ao ter que assistir a tia Odete ser estuprada em minha frente, tudo por causa do dinheiro, por causa do mau caráter de meu tio e sua ganância.

O bandido estava errado. Penso que a dor que ele devia sentir era a mesma que levou meu pai até a delegacia, a matar o caminhoneiro que havia atropelado minha irmã. Acredito que a dor do criminoso era pior.

A grande verdade que surgia em meio a esse trágico espetáculo era que de alguma forma tanto meu pai quanto o bandido lutavam para encontrar algo que não conseguiam encontrar após consecutivas perdas. Eles procuravam pela paz, e amenizar a dor de suas almas. Já meu tio, pelo choro e desespero, pagava pela consequência de seus crimes que cedo ou tarde, um dia viriam à tona.

Após minha tia ser violentada mais três vezes, o criminoso, após levantar as calças, pegou a faca militar e deu uma tapinha na bunda de tia Odete e por fim cortou-lhe a garganta, pondo fim ao seu sofrimento.

Vi uma poça de sangue formar-se sobre a mesa, e gotejar no chão, enquanto tia Odete morria da forma mais humilhante que uma mulher pode perder a vida, amarrada em uma mesa com as pernas abertas.

O olhar de tia Odete perdeu o brilho.

Ela morreu de olhos abertos, olhando para nós (eu e meu tio), enquanto o sangue gotejava cada vez mais devagar, da mesa em direção à poça que havia se formado no piso esbranquiçado. A lividez da morte à havia alcançado.

Tia Odete havia encontrado a paz, a mesma paz que eu começava a desejar.

OITAVO CÍRCULO
REDENÇÃO

É engraçado o funcionamento da teoria da relatividade. Einstein que me desculpe, mas na minha teoria da relatividade o tempo demora a passar quando mais desejamos e passa rápido demais quando não queremos.

Os melhores momentos de minha vida passaram como um um flash fotográfico, de onde carrego apenas boas recordações das pessoas que tanto amei. Pisque três vezes e você entenderá o tão rápido que a nossa vida passa.

Não sei quanto tempo passou, mas tinha certeza que já estávamos no final da tarde, pois o sol começava a se esconder por trás do telhado da casa do vizinho de meu tio. A enorme janela da sala permitia a visão privilegiada do telhado vizinho, enquanto o criminoso se recuperava da overdose de cocaína.

Depois de ter violentado minha tia, o bandido sentou-se em uma poltrona de frente para nós.

A imagem que carrego de meu tio Valdir era pavorosa. Um semblante de medo, de um homem que teve a pálpebra arrancada, e cujas lágrimas não paravam de verter, ao mesmo tempo que olhava para o filho morto no chão e a esposa morta ainda amarrada na mesa depois de ter sido violentada.

Não tenho a menor dúvida de que tudo o que ele desejava era morrer. Só que como estava amarrado e amordaçado, conseguia apenas emitir gemidos, como um animal acuado.

O assassino chegou a cair no sono depois de se drogar. Era a oportunidade que eu tinha para tentar escapar daquele inferno. Lutei por horas tentando desamarrar as cordas, enquanto meu tio parecia que havia se entregado por completo. Se eu tivesse no lugar dele talvez eu desistisse de viver, mas havia algo que me fazia criar esperança em não desistir, ou quem sabe ao menos desvendar o mistério do pacto dos nove círculos antes de morrer, ou talvez a vontade de enfiar a mão na cara daquele duende filho da puta, apesar daquele maldito dizer-me que era intocável. Só que no momento com as mãos amarradas, eu era incapaz de coçar minha própria bunda.

Na verdade, tinha a certeza de que era eu quem havia mudado. Como já havia dito anteriormente, o sofrimento é capaz de mudar as pessoas e um sofrimento indescritível talvez estava me transformando em um mártir, exceto pela diferença que eu renunciava qualquer fortuna ou até mesmo o título de "dono do mundo", para ter de volta as pessoas que perdi e os momentos de felicidade.

Era inútil tentar escapar. Para meu alívio, consegui ver a imagem de uns caras que estavam na casa do vizinho, instalando uma antena parabólica, e por sorte da janela da sala da casa de meu tio dava para vê-los com nitidez. Os instaladores deitaram no telhado e viram eu e meu tio amarrados, além do corpo de Cássio e da tia Odete com o pescoço rasgado sobre a mesa. Eles perceberam que o assassino estava dormindo no sofá, diante de nós e me fez um sinal de que iriam chamar a polícia.

Enquanto eles desciam do telhado, o assassino acordou.

Após dar algumas fungadas, levantou-se pisando sobre o corpo de meu primo que estava coberto sobre o chão.

Ele deu uma longa espreguiçada, olhou para o corpo de tia Odete sobre a mesa.

— Pois é, Valdir. Eu tenho um presente especial para você. — Disse sorrindo. Um sorriso perturbador e sombrio.

Naquele momento, tive a certeza absoluta de que o criminoso tinha apenas um sentimento, a frieza misturada com a sede de vingança e a certeza absoluta de que ele iria até o final na execução de seu plano, da qual eu não fazia parte.

Ele pegou a faca militar, aproximou-se de meu tio que estava catatônico, chorando como uma criança com a roupa toda urinada (e o cheiro já incomodava).

Segurou a cabeça de meu tio, puxando o cabelo para trás. Pensei que ele iria cortar o pescoço de meu tio da mesma forma que ele havia feito com a Tia Odete, mas ele fez pior. Indiferente aos urros de dor de meu tio, ele enfiou a faca dentro do olho do tio Valdir e retirou o olho de meu tio para fora, que como um pequeno balão furado, escorria um líquido branco e espesso misturado ao sangue. Ele repetiu o procedimento no outro olho de meu tio que se contorcia de dor, até que por fim ele cravou a faca militar bem no coração do tio Valdir, que, a meu ver, acabava por colocar fim na dor agonizante que ele sentia.

Com o pé ele empurrou o tórax de meu tio em direção oposta, descravando a faca e deixando cair o cadáver no chão, que se espatifou feito um boneco desarticulado.

Tenho certeza de que tio Valdir jamais poderia descansar em paz, vítima de uma morte brutal e sinistra, cujo rosto post-mortem era uma mescla de sentimentos distintos: medo, dor, angústia, desespero e em especial o arrependimento.

O assassino, que desconhecia o nome, parecia flutuar na sala. Para todo o lado que eu olhava ele flutuava. Talvez o efeito de meu medo em saber que eu seria o próximo estava me trazendo alucinações.

Sei que em momentos de desespero, nosso cérebro é capaz de nos pregar peças, mas aquilo era incomum.

Fechei meus olhos com força e ao abri-los, lá estava o assassino sentado na poltrona em frente aos corpos de meu primo e de meu tio e me observava sentado no sofá. Um olhar assustador tão quanto minha tia que jazia amarrada na mesa.

— Ora, ora, ora… — Falou aquele terrível algoz. — O que irei fazer com você, moleque? Quando cheguei, sua tia disse que sua mãe tinha morrido. Você é azarado "pra" caralho, hein, moleque? — Disse, levantando-se do sofá e caminhando em minha direção.

— Preste atenção, seu "bostinha". Eu vou tirar essa mordaça. Se você soltar um pio, eu juro que enfio essa faca dentro do seu rabo. Você entendeu, moleque? Se entendeu balança a cabeça.

Meu coração disparou, talvez pelo medo da morte se aproximar. Como dizia o Tigre "Um dia todo mundo irá morrer. Ninguém nasceu para a semente".

O único segredo que eu guardava era que minha morte naquele momento seria uma sublime redenção. De alguma forma, eu sabia que seria a única chance de reencontrar o tigre, meu pai, minha irmã, meu irmão e minha mãe. Talvez tia Odete, pois se existisse o céu era lá que ela estaria, ao contrário de meu tio Valdir. É claro, que isso só seria possível, se existisse vida após a morte.

Balancei a cabeça, conforme o criminoso solicitou. Foi então que vi uma movimentação de policiais armados por trás da janela, e um deles, posicionado como atirador de elite, em cima do telhado de onde estavam instalando a antena.

— Moleque, você não estava nos meus planos. Já sabia o que iria fazer com seu primo, com sua tia e seu tio desde o início. Só que você surgiu como um presente inesperado. A mesma sensação de quando estamos tranquilos, andando na rua, desfrutando a paisagem, e, de repente, você pisa na bosta. Essa é a sensação perfeita do que você me representa. Olha só que foda, vou ter que pensar em um jeito te matar. — Disse o criminoso enquanto coçava a cabeça, voltando a sentar-se no sofá.

Sabia que naquele momento eu precisava ganhar tempo. Prolongar a conversa seria uma de minhas melhores opções, ainda mais quando estamos diante de um louco obstinado em fazer justiça com as próprias mãos. O ponto fraco dele era a filha, pois é obvio que o marido traído tem ódio da esposa, tanto ódio que ele a matou.

— Lamento pelo que aconteceu com sua filha. Sei o que é perder a família. — Disse, após pensar diversas vezes antes de falar.

—Você não sabe porra nenhuma, moleque. Sequer tem ideia do que é ser corneado, perder toda sua economia e depois descobrir que sua filha virou puta para não passar fome, por causa do desgraçado do seu tio. — Esbravejou.

A seguir, levantou-se e apontou o dedo para o corpo do tio Valdir. —Tudo por culpa desse filho da puta, aí no chão!

Nesse dia, descobri da pior forma que a missão mais difícil que temos é tentar argumentar com alguém que já tem suas concepções pré-definidas. Eu vivia a pior das situações, era testemunha de um crime. Na melhor das hipóteses, seria refém e escudo humano caso a polícia invadisse a casa de meu tio.

Fiquei pensativo por alguns segundos, evitando olhar para a janela e denunciar a movimentação dos policiais que já haviam detectado minha presença na condição de refém.

Meu maior medo era que o criminoso percebesse a ação da polícia.

Foi então que vi que o atirador deitado em cima do telhado da casa do vizinho, fez sinal de positivo com a mão. Eu compreendia aquele gesto. Ele tinha a cabeça do criminoso na mira. Talvez aguardasse para que ele se levantasse de forma que a bala não o traspassasse e me acertasse também.

— Lamento pelo o que aconteceu com sua filha e pela traição de sua esposa. Este foi o pior mês de minha vida, pois eu perdi meu avô, minha irmã, meu irmão, meu pai, e minha mãe.

O criminoso pegou a faca militar e limpou o sangue na própria calça.

— Eles morreram de acidente de carro?

— Não. Meu avô morreu picado por uma cobra, minha irmã atropelada por um caminhão dirigido por um motorista bêbado, meu pai foi tentar matar o motorista na cadeia e acabou levando uma facada no pescoço e morreu. Minha mãe, morreu em um acidente de carro com um tanque de ácido e o avião que trazia meu irmão para o enterro de minha mãe, caiu. Só tinha meus tios, e, graças a você, estou sozinho no mundo. — Falei em tom de ameaça, pois como disse a morte seria uma solução.

— Moleque, e eu que achava que era azarado. Você precisa de uma benzedeira, ou melhor, ir em uma macumbeira. — Afirmou, enquanto me olhava com admiração.

—Você também. — Disse, sem me importar no quanto ficamos atrevidos quando perdemos o medo de morrer.

O criminoso riu. Recostou-se no sofá e retirou um cigarro amassado do bolso da calça e um isqueiro.

Acendeu o cigarro, colocando a faca sobre o braço da poltrona.

—Você não se importa que eu fume, não é? — Perguntou como se minha opinião tivesse algum valor.

Fiquei calado. Em determinados momentos o silêncio é a melhor resposta.

— Menino, observando a ruína que sua vida transformou, por causa de seu sofrimento, você me faz recordar da minha finada filha. Ela perdeu a mãe, perdeu o pai. Não tinha mais ninguém na vida e virou puta. Você perdeu sua família, seu pai, sua mãe. Você não está pensando em virar viado, não é?

Contei até dez antes de responder.

— É lógico que não. Eu tenho o que preciso para continuar com minha vida e seguir em frente.

— Moleque, aprenda. Por mais dinheiro que você tenha, nunca vai ser suficiente. Quanto mais dinheiro na conta, maiores serão seus gastos. Na pior das hipóteses, você passa a venerar tanto o dinheiro que acaba virando escravo dele. Ou, como no meu caso, a traição e o dinheiro foram as causas principais de minha decadência. — Falou cabisbaixo.

— Eu sei que meu tio ferrou com sua vida. Não estou aqui para julgá-lo, mas minha tia e meu primo não mereciam pagar pelo erro de meu tio.

— É garoto. Você tem a vida inteira para aprender a viver. Os inocentes sempre pagam o pato. Você já parou para pensar quantas pessoas morrem por causa de políticos corruptos, que estão cagando e andando pela saúde, educação e outros direitos sociais básicos? O que importa a eles é dinheiro e poder. Esses caras são os piores psicopatas. Eu só matei seu tio, merecidamente. Sua tia e seu primo foram consequências da atitude de seu tio. Eu perdi minha esposa e minha filha, que a seus olhos eram inocentes, e analisando por este ponto de vista, estamos quites.

—Você me desculpa, mas sua esposa não era inocente. Se ela fosse inocente, ela não teria lhe traído. — Disse olhando para o criminoso, que parecia não ter pressa em por fim em minha vida.

— É, moleque, você está começando a ficar esperto. A questão é: O que levou a minha esposa a me trair, você sabe?

— Não faço a mínima ideia. Amor? — Perguntei, olhando discretamente para o atirador que como uma serpente, parecia aguardar pelo momento perfeito para o disparo.

—Amor não. No caso de minha falecida mulher, Franciely, foi o dinheiro. — Respondeu, olhando para o chão.

— Então, ela não te amava. — Falei, respirando fundo e evitando demostrar em meu olhar alguma expressão que denunciasse a ação da polícia.

— Ela amava o dinheiro. Eu nem sempre fui um cara mau. Eu tinha um emprego, na qual eu tirava religiosamente parte de meu salário para a poupança de minha filha. Vivíamos bem, sem gastos excessivos, até o dia que seu tio apareceu, e depois eu descobri que ele dava o golpe do baú nas mulheres. Aparecia com um carrão, esbanjando dinheiro, oferecendo tudo do bom e do melhor. Só que o dinheiro que ele usava era de outras mulheres que foram seduzidas e roubadas por esse crápula. Ele participava de uma quadrilha, onde tinha as informantes, que sabiam quem tinha uma gorda conta bancária e lhe davam a dica. Depois ele aparecia e com ajuda das cúmplices, rapidinho mostrava um mundo glorioso e dourado para essas mulheres e depois vinha com o papo de que tinha um investimento imperdível, cujo retorno as deixariam ricas e que poderiam fugir para outro pais para viverem o sonho paradisíaco.

— Mas porque elas davam dinheiro para ele, se ele aparentava ser um cara milionário? — Perguntei, enquanto vi o criminoso franzir a testa.

— Simples, pela ganância. Ele dizia que a grana dele tava toda investida no exterior e que o negócio era imperdível. Ele prometia pagar as vítimas o triplo do que elas investissem. Só que quando elas passavam o dinheiro para ele, ele pagava as cúmplices e desaparecia no mapa. Os carros eram alugados com identidade falsa, e pagos em dinheiro. Ele não deixava pista. O azar do seu tio foi que uma vizinha, que um dia eu a salvei do ataque de um cão furioso, me chamou no canto e me contou que minha esposa estava me traindo. Enfim, ela deu as coordenadas para que eu os pegasse no flagra. Fui no banco para tirar grana para comprar uma arma, pois queria dar um susto neles. Sequer passava em meus pensamentos matá-la. Queria dar apenas um susto, até ver o saldo do banco, todo dinheiro que passei uma vida economizando para o futuro de minha filha havia sido sacado. Até os centavos. Nesse momento eu quis matá-la.

— Ela pisou na bola com você e com a própria filha. — Falei, observando os policias posicionados, que com paciência, aguardavam o momento para agir.

— E como pisou. Quando cheguei em casa, não consegui olhar para o rosto de minha filha. Tive vergonha dela. Fui para a rua e nocauteei um policial, roubei a arma dele e segui até o endereço que seu tio estava com minha esposa. Entrei sorrateiro e peguei ele comendo minha mulher na mesa da copa.

A mesa. Foi neste momento que compreendi o porque ele fez questão de amarrá-la na mesa.

— Quando você vê uma cena dessas, moleque, é foda. Nessa hora você tem que se segurar para não fazer merda. Eu não queria matar a minha esposa. Queria matar o filho da puta do seu tio, só que ele se escondia por trás da minha mulher. Coloque uma arma nas mãos de uma pessoa que não sabe atirar e você irá ver o tamanho da merda que ela pode arrumar. E foi o que o aconteceu. Mirei na cabeça do seu tio e quando disparei, acertei a cabeça de minha esposa. Entrei em choque. Não queria matá-la, pois eu a amava, e naquela hora eu a odiava, pois sabia que ela havia sido vítima do estelionatário do seu tio. É obvio que não iria ficar com ela, mas não queria que minha filha ficasse sem a mãe. Eu já estava ferrado por ter agredido o policial. Não tinha mais nada a perder.

— Então, você não a matou de propósito? — Perguntei, esquecendo-me da ação policial.

— A bala era para seu tio. Quando ele viu que eu entrei em choque ao ver minha esposa morta, ele fugiu e desapareceu do mapa. Fui preso no mesmo dia, sem direito a fiança, deixando para trás minha filha. Carrego o remorso da morte de Franciely, o que de certa forma arruinou minha vida e o futuro de minha filha. De dentro da prisão, eu consegui encontrar uma mulher, que sensibilizada com minha história, ajudou que eu encontrasse o seu tio, graças a descoberta de uma das informantes. Seu tio era o verdadeiro criminoso. Cumpri minha pena contando as horas para colocar as mãos nele.

De certa forma, eu e aquele criminoso éramos parecidos. Tínhamos um culpado por transformar nossas vidas em um inferno. Ele tinha meu tio, que conseguiu por em prática seu plano de vingança, já eu, um duende diabólico, na qual estava disposto a vender minha alma para por minhas mãos nele.

Ele estava certo quando a meu tio, que de quinze em quinze dias, saía para viajar a negócios, e sempre tinha dinheiro sobrando. A expressão no rosto de minha tia era de terror. Acredito que ela não sabia que era casada com um sociopata.

— É complicado. Não sei o que dizer. — Respondi respirando fundo.

Ele riu. Ameaçou levantar-se, mas voltou a segurar a faca militar.

— Sabe, moleque, até que você é gente boa. Pena que terei que dar um fim em você. Depois disso irei desaparecer sem deixar vestígios. Como eu disse antes, você não estava nos meus planos, e assim como seu tio era frio nos negócios e não se importava em passar ninguém para trás, acabei pegando o jeito. Você não faz parte do meu plano, mas moleque, de verdade, você apareceu na hora errada e no dia errado.

Nesse instante, já sabia que minha vida estava para ser ceifada. Mas na verdade pouco me importava. Cheguei até pensar em chamar o duende, mas eu estava todo amarrado, e para chamá-lo eu precisaria esfregar o trevo de quatro folhas.

Como eu estava me sentindo? Meu ódio por aquela vil criatura era multiplicada por 8, bem digamos 7. Meu tio deixou de fazer parte de minha vida no momento que descobri seu lado obscuro, mas, de qualquer forma, o resultado era uma simples: meu ódio multiplicado por 7 e estou certo de que era suficiente para eu ser mil vezes pior que os sentimentos do criminoso que acabara de assassinar a família de meu tio.

O atirador continuava posicionado, esperando o momento para dar o tiro perfeito. A conversa parecia que havia entretido aquele criminoso, mas foi de grande valia, em especial quando descobri que meu coração acalentava o ódio verdadeiro e sua mais perfeita essência por aquele duende.

— Pense na sua filha. Você acha que ela iria querer a morte de pessoas inocentes? Se ela estivesse viva, você acha que ela concordaria com o que você acabou de fazer? Nada justifica. Eu perdi minha família por fatalidades sucessivas do destino. Você, foi vítima, mas não é dessa forma que você irá encontrar paz em seu coração. Meu falecido avô, sempre dizia que violência era a arma dos covardes.

O criminoso riu.

— É, moleque, pelo visto irei fazer uma boa ação, tirando sua vida. Irei fazê-lo reencontrar com seu avô e sua família. E se o seu tio estiver no inferno, caso você vá para lá, não se esqueça de mandar lembranças para ele.

Então, aquele brutamontes com o braço tatuado levantou-se da cadeira, empunhando a faca e caminhou em minha direção.

Foi quando eu ouvi um disparo e um furo surgiu na cabeça do criminoso junto com sangue que esborrifou para todo o lado com pedaços de cérebro. A bala passou por entre os olhos daquele bandido. Ele ficou parado, por menos de um segundo, enquanto os olhos se encontravam em um movimento anômalo. E caiu feito uma pedra em cima do corpo de meu tio, parecendo que iria beijá-lo na boca.

Diga-se de passagem, já estava me acostumando a ver imagens bizarras, mas, naquele momento díspar, descobri a verdadeira face da morte. Que para ela não existe raça, cor, sexo, pudor ou ódio. Ela age com suavidade e ironia. Coloca inimigos lado a lado (no caso de meu tio, quase boca a boca) com o próprio assassino. Minha tia, que sempre foi uma mulher carregada de pudor, estava nua, com as pernas abertas, morta em cima de uma mesa. O único que tinha alguma dignidade, se é que a morte apresenta alguma dignidade, era meu primo Cassio, que ganhara um tapete velho, que cobria seu corpo.

Antes da polícia invadir a casa, tive a sensação de ver Osdrack, correr pela sala, com as orelhas pontudas e os pés disformes. Ele me observava, tentando se esconder, talvez acreditando que eu não o estava vendo.

Foi uma das últimas imagens que me recordo, até a sala se encher de policiais e eu apagar por completo e o mundo tornar-se um vazio, semelhante ao que se tornara minha alma em meio ao caminho da própria redenção.

127

NONO CÍRCULO
FIDELIDADE

Verdadeiros amigos sempre se fazem presentes nos momentos mais difíceis de nossas vidas, e uma das melhores sensações que me recordo, foi em abrir os olhos e ver a senadora sentada ao meu lado.

Bem, de um moleque idiota, imbecil e pobre, aprendi da pior forma que o dinheiro não traz felicidade. Também não manda comprar. Felicidade, é estarmos ao lado de quem amamos, ao lado de nossa família. Ah, sim, família, esse é o bem mais precioso, cujo valor supera o ouro ou o maior e mais e valioso dos diamantes. A felicidade financeira em minha vida era o sinônimo de vazio e de escuridão.

O fato é que fui acordar em um lugar diferente. Acordei em um luxuoso quarto de um apartamento, ao lado de um médico e de uma equipe de enfermagem que me dispensavam atenção integral.

É engraçado quando acordamos depois de hospitalizados. Nosso primeiro reflexo é procurar por alguém que conhecemos, no meu caso, procurava por minha mãe, até me recordar dela dissolvendo-se sob o efeito de um poderoso ácido. Nosso segundo reflexo é tentar identificar onde estamos, e esta é a parte mais fácil, pois sempre existe uma alma caridosa, orientada no tempo e espaço para nos fornecer essa informação.

A primeira frase que escutei foi: "Dário, você está em sua casa, em Belo Horizonte".

Ao olhar ao meu redor, estava em um luxuoso quarto de um apartamento, provavelmente no décimo terceiro andar, pois a ampla janela de meu quarto, me permitia ver uma selva de pedra de uma grande capital.

Cheguei a pensar que talvez eu tivesse batido forte com a cabeça, ou que estava delirando pelos efeitos de sedativos que me injetaram. Assim que acordei, tomava sedativos, como se estivesse comendo docinhos de M&M'S, só que ao contrário do doce, eram amargos e alguns comprimidos eram difíceis de engolir.

Até aquele momento, eu sabia que não tinha nenhuma casa em Belo Horizonte. Tudo poderia ser fruto de minha imaginação até ver a surgir a bela senadora. A mulher que havia me acolhido por ser parecido com o irmão que ela havia perdido.

Ela era a única pessoa que me restara, a única pessoa que se fez presente nos momentos mais difíceis de minha vida. Minha única amiga.

O sorriso era cativante, a mais bela das mulheres, que trazia um olhar carregado de mistério.

Apesar de ter perdido o irmão, talvez ela compreendesse de forma superficial minha dor.

Ela segurava minha mão, como se segurasse as mãos de um filho que não teve, reflexo do irmão que tanto amava.

— Dário, como você está se sentindo? — Perguntou com a voz suave e afável.

Bem, era uma pergunta difícil de se responder, depois de tudo que havia vivenciado.

Ao olhar a meu redor, a equipe médica havia desaparecido.

— Cadê os médicos que estavam aqui? — Perguntei para a senadora.

Ela riu, me abraçou e depositou um suave beijo em meu rosto. Cheguei a sentir seu perfume.

— Dário, eles já foram embora. Assim que fiquei sabendo o que aconteceu com você, cancelei meu compromisso e vim buscá-lo. Trouxe você para Belo Horizonte, ainda inconsciente depois do incidente que aconteceu com seus tios. Você viajou sedado. É claro que contei com o apoio de uma equipe médica e com direito a um voo (uma UTI no ar) que partia de Campinas até Belo Horizonte. Foi muito triste chegar em Brotas e vê-lo desacordado no hospital. Fiquei aterrorizada quando soube o que havia acontecido, mas há males que vêm para bem. Como você perdeu sua família, achei melhor trazê-lo para cá, em uma cidade cheia de oportunidades para que eu possa cuidar de você. Hoje é 31 de dezembro. Que bom que você acordou para o réveillon que será hoje a noite!

Aprendi com meu pai que antes de abrirmos a boca é melhor pensarmos no que iremos falar e analisar toda a situação. Ele estava coberto de razão. A princípio, fiquei com raiva pela senadora ter me tirado de Brotas, mas por outro lado ela estava certa. Brotas tornara-se parte de meu passado, uma recordação de bons e trágicos momentos, e é claro, do lugar que me apresentou de perto a verdadeira felicidade.

Independentemente de estar há algumas horas de 1992, o novo ano seria um ano de tristeza, assim como 1993, 1994 e os outros anos que se sucederiam. Sabia que a senadora era capaz de ler essa mensagem estampada em minha sofrida face.

— Obrigado, senadora. — Respondi, enquanto passava a mão em meu pescoço até encontrar o trevo de quatro folhas dado por meu avô e sentir que ele estava lá. Precisava tirar satisfação com uma criatura. — Senadora, você se incomodaria em me deixar sozinho por alguns minutos.

Ela era uma mulher prudente. Respeitava meu sofrimento.

— Está bem, Dário. Vou fazer o seguinte, vou deixá-lo a sós, pois tenho uma surpresa para você. Sei que nada que eu lhe ofereça irá trazer sua família de volta, mas de qualquer forma, será uma compensação por tudo que passou.

Assim que a senadora saiu do quarto, imediatamente esfreguei o trevo.

Desta vez, a criatura torpe apareceu sentada no sofá que ficava ao lado de minha cama.

— Olá, Dário, Osdrack estava com saudades. Saudades de Dário. — Respondeu enfiando o dedo disforme na orelha pontuda e arrancando um monte de cera, usando-a para fazer uma bolinha por entre os dedos.

— Porque você causou esse inferno em minha vida? O que eu preciso fazer para ter minha família de volta? — Disse tentando me levantar, ainda com resquícios de remédios em meu corpo.

— Osdrack não causa inferno. Dário capturou Osdrack, e fizemos pacto de sangue. Não existe mais o caminho de volta. Você já atingiu o nono circulo, o círculo da fidelidade. Atingiu sim.

— Do que você está falando? Que porra de círculo é esse seu maldito!

O duende parecia se divertir com minha fúria.

— É o círculo mais longo. Você terá que ser fiel à única pessoa que se preocupa com você. Na verdade, hoje é o último dia que Osdrack visita Dário. Você queria ser o dono do mundo e Osdrack vai lhe dar o mundo, depois que você passar pelo último círculo.

Meu ódio só aumentava. Queria voar no pescoço daquele filho da puta de duende, arrancar aquela merda de pano escuro que tapava-lhe parte do rosto e olhar bem para os olhos daquela anomalia e fazê-lo devolver a minha família e enfiar todo o dinheiro no rabo.

— Você não pode ir embora e me deixar sem minha família. — Eu quero eles de volta. Lhe devolvo tudo que me deu. Por favor! — Implorei com as lágrimas correndo em meu rosto.

O duende riu. Saiu do sofá e deu um salto até minha cama. Aquele seria o momento perfeito para capturá-lo, mas estava sem forças, resultado dos dias se alimentar direito e das longas horas de soro.

— Dário, Osdrack vai lhe dar o último e mais valioso presente para lhe ajudar a completar o nono círculo. Osdrack vai lhe dar um dom. Dario vai ganhar um dom. — Disse já em pé na minha cama, enquanto fazia movimentos estranhos com as mãos, como se estivesse polindo uma bola.

Uma forte luz surgiu por entre as mãos daquela criatura. A princípio era branca, mas aos poucos ela foi mudando de cor, até ficar azul e encolher de tamanho, semelhante ao de uma bola de ping pong. Em um veloz movimento, o duende disparou essa bola de luz em direção a minha cabeça.

Dizem que quando estamos próximos da morte, a vida passa em nossa memória como um filme. E foi isso que aconteceu. Todos os bons momentos passaram como um flash, desde momentos felizes ao lado de Letícia, de meu pai, minha mãe, meu avô. Sim, consegui, ainda que por breves segundos reencontrar os momentos de verdadeira felicidade em meu passado. Mas também tive a visão do futuro.

Vi um médico dando a notícia para a senadora em 1992, de que ela tinha um câncer incurável no pâncreas, e encontrei a fidelidade na qual o duende se referia, pois nos dois anos seguintes me dediquei a ajudar a senadora, e a vi se definhar (cujo corpo se tornaria uma mistura de pele e osso), antes dela morrer. Ela morreria no dia primeiro de maio de 1994, no mesmo dia em que morreria um importante piloto de fórmula um e no mesmo ano em que a moeda do Brasil mudava para uma outra moeda mais forte. Enquanto o Brasil levantava a taça de campeão na copa do mundo, eu me tornara o único herdeiro de todos os bens da senadora. Em 1995, eu começaria a investir em tecnologia, em empresas que se destacariam no mercado, como uma inovadora na criação de um sistema operacional, enquanto a internet começava a ganhar vida revolucionando a telecomunicação. Fechei os melhores negócios, pois sabia o que as pessoas e investidores pensavam. No ano de 1996, enquanto o Brasil tornava-se conhecido mundialmente, devido à suposta aparição de um E.T em uma cidade perto de Belo Horizonte, eu me tornava aos 20 anos o jovem mais rico do Brasil e já era capa de revistas de peso em investimento. Em 1997, vi uma mulher, uma famosa princesa morrer em um acidente de carro na cidade da luz.

No ano de 1998, eu tornava o homem mais rico do mundo, após investir em um website de busca e em moedas virtuais. Isso impulsionou meus negócios junto com meu investimento acionário em uma empresa que vendia softwares de computadores. Em 1999, a minha empresa tornava-se uma mina de diamantes no ramo de tecnologia e meus investimentos em petróleo me tornariam o homem mais rico do mundo.

Todas essas imagens passaram diante de meus olhos como um flash fotográfico, além de outros investimentos certeiros que eu via as imagens, como a de uma maçã mordida.

Quando voltei a si, o duende continuava parado em minha frente. Sabia que ele havia dito a verdade e que eu me tornaria a maior fortuna do mundo. Era o pacto, e ele havia cumprido a parte dele.

Mas meu coração dizia ao contrário, pois em meio aos bilhões de dólares que eu ganharia, sabia que em nenhum momento eu encontraria a felicidade, da forma que ela se fez presente no início de minha vida, em meio a minha pobreza material. Eu era naquela época o menino mais feliz da humanidade. Hoje eu sou capaz de dar tudo o que havia conquistado e o que estaria para conquistar para ter minha família de volta.

Foi meio confuso, todos os acontecimentos surgiram em minha mente como se eu estivesse assistindo a um filme.

Olhei para o duende deixando extravasar todo o choro contido da perda trágica de minha família. Osdrack permanecia sentado em minha cama, com as pernas cruzadas e os dedos gigantes e disformes a mostra.

— Osdrack, por favor, traga as pessoas que eu amo de volta. Eu não quero o dinheiro. Quero a felicidade.

Ele baixou as orelhas, parecia estar sensibilizado. Mas me recordo com clareza a resposta.

— Dário, a partir deste momento, você é capaz de ler os pensamentos de qualquer pessoa. Isso lhe colocará um passo a frente de qualquer humano. Rei ou presidente, milionário ou miserável, você saberá o que eles estão pensando. — Disse enquanto em um movimento repentino, arrancou o trevo de quatro folhas que eu trazia pendurado em meu pescoço.

— Adeus, Dário, que você seja cada vez mais rico e se lembre, que um dia, você conheceu a felicidade e que ela viverá eternamente aprisionada em seu passado. Dário conheceu a felicidade.

Estas foram as últimas palavras do duende antes que ele desaparecesse.

AÇÃO E REAÇÃO

A psicóloga enxugava as lágrimas diante de Dário Montgomery. Ela sabia que a história dele era real, pois era inexplicável a forma que alguém pudesse ler a mente de uma pessoa.

— Dário, eu acredito em você. Quanta tristeza habita esse seu coração, enquanto o universo cospe dinheiro em sua vida. Quando entrei no seu apartamento, esperava encontrar...

Dário continuava sentado diante de Lavínia e riu. Disse antes que ela completasse a frase.

— Um doente mental portador de esquizofrenia paranoide ou talvez um doente depressivo psicótico que não aceitava o tratamento, vivendo a fase alucinatória.

Lavínia soltou os cabelos, enquanto sentia o coração acelerar.

— Exato, Dário. Havíamos feito um trato de que você não iria ler a minha mente.

Dário sorriu, enquanto segurava o botão dos detonadores.

—Você sabia que eu viria. Como descobriu que eu era a psicóloga que recusou a fazer a terapia na época em que você era apenas uma criança, traumatizada pela perda da irmã e do pai?

Dário levantou-se e tentou disfarçar a lágrima que escorria no rosto.

— Porque a minha mãe e a senadora antes de morrerem... — Respirou fundo, tentando encontrar forças — Me pediram, que eu lhe procurasse, pois eu precisaria de sua ajuda. A senadora me vez jurar que eu contasse minha história para alguém.

Lavínia continuava intacta, temendo que os policiais invadissem.

— Eles não vão invadir Lavínia. Eu estou no comando, e considerando minha posição socioeconômica e a dos reféns, no momento você é a melhor opção que toda força policial e exército têm.

—Você contou para senadora, sobre o duende?

— Não. Ela já sofria demais. Os últimos seis meses de vida, ela passava gemendo de dor. Parecia que os analgésicos que eram aplicados na veia não surtiam efeito. Havia chamado os melhores oncologistas e especialistas em dor. Montei uma UTI no quarto para que Marta fosse bem cuidada e tivesse o mínimo de dignidade, diante de um prognóstico sombrio, assim diziam os médicos.

— Então, você sabia que eu viria e está cumprindo uma promessa.

— Sim, como lhe disse tudo o que faço esta planejado.

A psicóloga olhou para a parede e viu o quadro com os nove círculos.

—Aquela pintura é o que estou pensando?

Dário se levantou e caminhou em direção a pintura a óleo sobre tela. Aproximou-se da pintura e colocou as mãos e a acariciou.

— Exato. Você é uma boa observadora Lavínia. São os nove círculos do labirinto que o duende me colocou. Você sabe qual é minha maior tristeza? — Falou, enquanto olhava para Lavínia, com a expressão melancólica.

— Difícil responder a sua pergunta, Dário, considerando todos os eventos pela qual você passou.

Dário respirou fundo e voltou a olhar para a pintura.

— É que houve um momento que o duende disse que o pacto poderia ser quebrado, que bastava eu desvendar o segredo do labirinto. — Falou enquanto desviava o olhar para a cicatriz no dedo, uma eterna recordação do pacto que havia feito com um ser sobrenatural.

Lavínia engoliu a seco a própria saliva.

— E você não conseguiu descobrir. Imagino o quanto isso tenha sido frustrante. — Afirmou Lavínia, que levantou-se do sofá e caminhou em direção a Dário.

— Sabe, Lavínia, há anos, tenho gasto milhares de dólares, com pesquisadores distribuídos pelo mundo todo, na tentativa de solucionar esse enigma. Especialistas e doutores renomados em mitologias, duendes, ufologistas, religiosos e tudo que você puder imaginar. Cheguei ao ponto do desespero em procurar pessoas geniais com o QI muito acima da média e cientistas para tentarem me dar uma resposta, e até hoje carrego um enigma sem solução.

Lavínia olhou para os reféns, amarrados por trás da parede de vidro.

— E porque os reféns? O que eles têm a ver com isso?

Dário voltou a acariciar a tela.

—Você se lembra dos nove círculos?

— Claro, enquanto for viva vou lembrar de sua história. Dos círculos: Fé, Humildade, Autocuidado, Prudência, Calma, Cemitério dos Sonhos, Paz, Redenção e fidelidade. Eram esses, na ordem que me falou.

Dario olhou para Lavínia. Ela ajeitava os cabelos.

—Venha comigo. — Falou e a seguir caminhou ao da psicóloga até a porta de vidro, de onde se podia ver com nitidez os reféns.

— Dário, liberte eles. Deixe-me ajudá-lo. Posso garantir que nada de mal irá acontecer com você. Era a vontade da senadora.

Dario olhou para os olhos de Lavínia, deu um sorriso cativante.

— Não posso. Depois de estudar muito sobre os duendes, talvez a única forma de quebrar o pacto seja a solução que eu encontrei. Antigamente o sacrifício era uma prática que consistia em oferecer à uma divindade — no caso o duende — uma oferenda, através da imolação de uma vítima.

— Dário, não faça isso. Essas pessoas não têm nada a ver com o pacto que você fez.

Dário olhou para trás para tela com os nove círculos e voltou a olhar para os reféns, que com os olhos esbulhados pediam socorro em silêncio. Todos continuavam amordaçados e conectados a explosivos.

— Dá esquerda para a direita. Aquele primeiro cara careca é um deputado federal. Ele foi responsável pelo desvio milionário de verbas que deixou crianças morrerem pela falta de UTI's em hospitais. Ele foi meticuloso e seu egoísmo agiu de forma prudente, ao depositar o dinheiro em outros países, sem deixar um rastro que pudesse capturá-lo. O cara do lado dele é outro deputado, que também desviou milhões de reais, para investir na própria imagem, o Autocuidado. O do lado e de cavanhaque, é um ex-ministro, que agiu com tamanha frieza e calma, ao comandar uma chacina de crianças de rua. O de cabelo branco ao lado do ministro, você já deve tê-lo visto na televisão. É um famoso pastor religioso, que rouba através da fé, milhares de fiéis e devotos e investiu o dinheiro em mansões nas cidades de Miami, além de ser dono de um cassino em Las Vegas. Tudo adquirido em nome de Deus. O do lado do pastor, é um famoso traficante que comanda um cartel de tráfico de drogas. Ele faz de escravos os humildes moradores de uma pequena cidade, incluindo crianças. O outro é o presidente de uma rede famosa de televisão. Ele é o responsável pela manipulação cognitiva de todos que assistem seu canal de televisão, manuseando a mente dos telespectadores com fantasias publicitárias, e enterrando no cemitério dos sonhos, seus verdadeiros desejos sem que a pessoa se de conta. Bem, e a mulher, não se iluda. Aquela mulher com aquele rosto meigo e repleto de paz, é conhecia como a viúva negra. Destruiu diversos casamentos e matou os maridos para ficar com a fortuna.

— Mas, Dário, por que isso? Concordo que eles têm que pagar pelos crimes que cometeram. Deixe que a justiça comum tome conta disso.

— Deixar a justiça agir? Complicado. Eles estão blindados e todos eles usaram um dos círculos que o duende me apresentou para tirar dinheiro do próximo.

Lavínia ficou pensativa, com a mão na janela transparente, olhando para os reféns, sem saber o que fazer.

— Espere, Dário, os nove círculos não estão completos. Faltam a fidelidade e redenção.

Dário caminhou até a sacada. Olhou para baixo e viu a que a polícia se movimentava feito barata tonta, sem saber o que fazer. Estavam perdidos e pressionados pelos superiores.

Pegou um jarro com água do frigobar e encheu um copo. Aproximou-se de Lavínia.

—Você é esperta Lavínia. Mais esperta do que eu podia imaginar, não é? Concordo com você. Faltam dois círculos. A fidelidade e a redenção.

— Exato, Dário, só não entendo por que temos apenas 7 reféns.

Dário riu e a seguir bebeu toda a água e colocou o copo sobre uma pequena mesa de vidro.

—Você tem sido fiel com seus pacientes, Dra. Lavínia? — Perguntou enquanto voltou a sentar na poltrona.

— Claro. Apenas abandonei o consultório para voltar a ser policial.

— Pois bem, você recebeu diversas ligações minhas pedindo para dar continuidade ao meu tratamento e as recusou. Você não foi fiel com seu paciente, doutora Lavínia. Talvez se tivesse me atendido e escutado minha história tudo isso teria sido diferente. O último desejo de minha mãe era que você cuidasse de minha mente atormentada. A senadora implorava que eu me consultasse com você depois de tudo que passei, mas você não quis.

— Dário, você tem que entender, que depois de nosso primeiro encontro, você não falou nada. Não criou nenhum elo entre nós. Como é que eu poderia dar continuidade ao seu tratamento? Eu indiquei para Marta profissionais melhores do que eu e por causa dela perdi meus clientes e tive que voltar para a polícia. Então você está pensando em me matar por isso?

— Não é só por isso. Foi pelos anos que passei tendo pesadelos e assistindo a senadora se definhar, vomitar e evacuar sangue, enquanto transformava-se em uma imagem digna de um filme de terror. Vi os cabelos dela caírem e a abandoná-la junto com a vaidade. Passei noites em claro ao lado dela, escutando gemidos de dor enquanto ela segurava minhas mãos e implorava para que você me atendesse. Acompanhei o caixão dela entrar para ser cremado e depois disso passei dias chorando em silêncio, em meio a esta selva de pedras. Isolei-me das pessoas. Busquei ajuda com remédios nas consultas com um psiquiatra, que quando comecei a contar a verdade ele queria me internar. A senadora estava certa. Você era a única pessoa capaz de compreender e, é claro, que existe apenas um fato em minha história que omiti de você. Depois da morte de meus tios, eu sonhei com o duende, dizendo que você era uma das chaves para o labirinto, e foi graças a você que descobri a forma de quebrar o pacto. Talvez, seja tarde, mas não custa tentar.

—Você é louco. De qualquer forma, ainda falta um círculo, pois você só tem 8 pessoas. Tudo em vão.

Dário começou a rir.

Levantou-se a aproximou-se de Lavínia.

—Você se lembra de qual era o oitavo círculo?

— Sim. Espere, você não está pensando…

Dário ficou com uma expressão serena.

— Os nove círculos estão juntos Lavínia. O o oitavo círculo, "A Redenção" será o meu sacrifício e você completa o nono círculo, "A Fidelidade". Foi bom te conhecer, mas chegou minha hora de encontrar a verdadeira felicidade ao lado das pessoas que sempre amei.

— Não faça…

Dário pressionou o detonador.

Uma onda de explosão os arremessou contra as paredes do luxuoso edifício Luxor, ao tempo em que o prédio, semelhante os prédios que vimos ser implodidos, começou a ruir e a ser engolido em meio a uma nuvem gigante de poeira que cobria um bairro da cidade.

PARADIGMA

Após uma longa escuridão, pude perceber que surgia uma luz ao fundo em meio aos sons e ruídos incompreensíveis que se misturavam na qual eu era incapaz de identificar, em meio ao cheiro que oscilava do álcool ao café recém-coado. Senti que alguém segurava minha mão, com delicadeza e suavidade que me fez recordar de minha falecida mãe.

Meu corpo estava pesado, como se a força da gravidade estivesse multiplicada por mil.

Lutava com todas minhas forças para tentar me movimentar, atordoado pelos sons estranhos e vozes distorcidas. Um espetáculo sombrio de um circo de horrores.

Até que consegui abrir os olhos, e as imagens que se formavam em minha retina — se é que eu tinha uma, pois minha última recordação foi eu detonando os explosivos C4 — eram apenas espectros sombrios e coloridos, talvez de uma dimensão desconhecida.

Foi então que senti um calor em minha face, como se alguém me beijasse, um beijo úmido e amoroso.

— Acorde, Dário! — Ah, sim, isso consegui compreender, pois as palavras haviam sido sussurradas em meu ouvido espiritual, o que me conferiu a certeza, ao menos naquele momento, de que os espíritos têm ouvidos.

Foi então que uma mistura de cores, surgiram diante de meus olhos, formando o rosto de uma mulher. Eu podia jurar por alguns momentos de que era minha mãe, pude até sentir o seu perfume floral, mas sabia que ela estava morta, onde o ácido havia deformado o rosto, a ponto do olho sair para fora do próprio crânio depois do acidente.

— Dário, meu filho acorde! Sou eu, a mamãe! — Disse aquela voz delicada, que pude ter a certeza de era idêntica a de minha mãe, talvez mais uma travessura daquele maldito duende. Ah, Osdrack, como eu desejo que se existir o inferno, que por lá você queime até os ossos!

A imagem foi tomando forma. Não tinha forças para movimentar o pescoço, e surgia diante de meus olhos a imagem de minha mãe, como se eu estivesse mergulhado em uma alucinação.

Tentei falar, mas minha voz não saía, apenas ruídos e gorgolejos de uma boca repleta de saliva.

Senti uma dor forte na cabeça, que latejava, mas era suportável. Parecia que eu estava em um hospital, mas era inconcebível a ideia, depois da explosão que eu havia provocado. Era impossível que houvesse algum sobrevivente.

Então com um esforço quase sobrenatural, consegui identificar minha própria voz que saiu como um sussurro, não a voz do adulto e poderoso Dário Montgomery, mas uma voz infantil, dá época de quando eu tinha meus quinze anos.

— Onde eu estou? Eu morri na explosão? — Perguntei, na esperança de que alguma alma generosa acalentasse esse coração sofrido.

— Não, meu filho. Você caiu na praça quando fugia dos gêmeos e bateu forte com a cabeça na quina de um banco de cimento e ficou inconsciente. Algumas pessoas lhe socorreram e o trouxemos para o hospital, que não tinha recursos suficientes e após prestar os primeiros socorros a você, o transferiram aqui para Jaú. Fizeram uma tomografia e identificaram um coágulo, eles me explicaram que era uma hemorragia intracraniana e que a lesão estava se expandindo. Você foi operado às pressas, e hoje faz uma semana que você se acidentou. Mas graças a Deus você acordou!

— Espera, isso não está acontecendo. — Disse quando finalmente meus olhos se abriram por completo e de fato eu estava em um hospital.

Comecei a chorar, sim. Neste momento, eu chorava como uma criança de quinze anos quando vi minha irmã Letícia acenando com a mão no colo de meu pai, que a posicionava para que ela me olhasse.

— Ei, Dário, a sua cabeça está doendo? — Disse a minha irmã. Sim, ela disse! Era a voz dela! A minha florzinha no colo do gigante!

A emoção suprimia minhas palavras ao vê-la no colo de meu pai. Uma sensação explosiva de alegria dominava minha alma. Queria ter forças para saltar daquela cama e abraçá-los para sempre.

Mas a força converteu-se em lágrimas de felicidade. Ah! Felicidade! Quanto tempo eu fiquei sem saber o que era isso!

— Pai, mãe, Letícia eu só quero fazer um pedido.

Meu pai, com jeitão desengonçado, aproximou-se carregando minha irmã no colo.

— Claro, meu filho, diga! — Falou o gigante, com um sorriso verdadeiro e simples.

— Eu quero um abraço de vocês. E prometam que irão ficar para sempre do meu lado! — Falei, enquanto minha mãe secava as lágrimas em meu rosto.

O abraço de todos foi o melhor momento de minha vida. Pude sentir que eles eram reais e também choraram comigo. Até Letícia, demonstrou que me amava de verdade. Daria minha vida por todos eles.

Minha cabeça continuava doendo, mas uma dor insignificante diante de meu sentimento de alegria.

Meu pai corcunda aproximou-se, e segurou minhas mãos.

— Filho, consegui fazer umas economias escondido de sua mãe para você estudar em São Carlos. Arrumei mais um emprego para ajudar no orçamento de casa e acho que vai dar.

— Pai, pelo amor de Deus. Não quero estudar fora. Quero que continue tudo como está. Por favor, quero ficar em Brotas. Só quero, pai, quando sairmos daqui, quero ir visitar o túmulo do vovô. Sinto muita falta dele, desde o dia que a cobra o picou.

Meu pai e minha mãe se entreolharam, assustados.

Minha irmã ria. Parecia que eu havia acabado de contar uma piada.

— Absurda sua ideia, filho. De onde você tirou isso?

Vi que minha mãe, deu um apertão no braço de meu pai, mas consegui ouvir o que ela cochichou no ouvido dele.

— Vai com calma. Ele fez uma cirurgia na cabeça. O médico falou que isso poderia acontecer.

Meu pai me olhou, enquanto afastava os cabelos dos olhos.

Seguiu até a porta do quarto e a abriu.

— Pode entrar. Ele acordou. — Disse com um sorriso estampado no rosto.

Foi então que eu vi o Tigre. Talvez tenha sido o maior alívio que tive em minha vida, ao ver a imagem do Tigre entrando em meu quarto. O velho Tigre, com sua sabedoria, estava ali em minha frente, firme e forte.

Se aproximou com seu jeito humilde de ser e me olhou. Tenho certeza de que ele foi capaz de mensurar o tamanho da minha felicidade.

Inclinou-se na cama e sussurrou em meu ouvido.

— Cara, você está mal pra cacete! Quando você sair daqui a primeira coisa que iremos fazer será ir no velho rio jacaré e pescar. Você está precisando disso.

Olhei para meu avô e cochichei em seu ouvido.

— Vô, troco a pescaria por um sorvete. Por favor, não quero que o senhor vá mais pescar.

— Dário, você é quem manda! — Disse meu avô sorrindo.

Então, Letícia retirou da bolsa da mamãe o espelho que ela usava para arrumar o cabelo e se aproximou.

— Dário, você está feio demais! Parece uma múmia! — Disse rindo, enquanto mostrava minha imagem refletida no espelho. Era eu. Sim eu estava vivo, com os olhos roxos, provavelmente careca e com uma atadura enrolada em minha cabeça, e agradecia a Deus por essa dádiva. O maior prêmio era estar ao lado das pessoas pelas quais, eu me sacrificaria por elas.

— Mãe, por favor, preciso lhe fazer duas perguntas? — Disse, sentindo a ponta de meus dedos formigarem.

— Claro, filho! O que você quer? — Perguntou enquanto afagava meu rosto.

— Meu irmão está bem? — Perguntei sentindo cruzando os dedos sem que meus pais percebessem.

— Sim. Ele está bem. Queria até vir do Canadá para visita-lo com as economias que ele conseguiu guardar, mas não deixamos. Nos prendemos com Deus para que você melhorasse e como sempre Ele não nos deixou na mão.

Isso! Gritei silenciosamente a mim mesmo.

— E a outra pergunta? — Adiantou minha mãe.

— Quero que você olhe meu dedo polegar, da mão direita. Por favor, me diga a verdade. Tem uma cicatriz nele?

Bem, foi o único momento naquele quarto que deixei de ser o centro das atenções, pois todo mundo olhou para meu dedão.

— Não. Não tem nada. — Responderam em coro, desafinado e sem ritmo.

Se o duende existiu ou não, eu era incapaz de responder naquele momento. É claro que eu iria fazer de tudo para evitar que nenhum daqueles eventos ocorressem, em especial a pescaria com o tigre, que seria o dia em que eu capturaria aquele maldito duende. Tudo o que havia acontecido, permanecia em minha memória, inclusive as visões que tive de acontecimentos que ocorreriam nos anos seguintes, quando estava no apartamento da senadora na cidade de Belo Horizonte.

Quanto aos meus tios, era mais do que certo que iria contar esse meu "sonho" para o Tigre. Tenho certeza de que ele iria saber o que fazer porque jamais duvidou de minhas palavras.

Se o que o aconteceu foi verdade ou não, as respostas estariam presas no futuro.

Um futuro que eu não fazia a menor questão de confrontar, pois a maior lição que havia aprendido no período de pesadelos de quando estava em coma, é de que a felicidade se esconde na simplicidade e nos pequenos momentos que diversas pessoas deixam passar desapercebidos em nosso dia a dia.

A felicidade está no abraço, está no beijo verdadeiro, no sorriso de uma mãe ao ver o filho nascer, na paciência de um avô ao escutar o seu neto, ou na simplicidade de um pai ao dançar com uma filha ao som de um vitrola velha, enquanto o filho ajuda a mãe a descascar batatas em uma cozinha.

A felicidade está o tempo todo ao nosso lado. Basta aprendermos a encontrá-la e não querer comprá-la como muitos o fazem.

Fechei meus olhos ao lado das pessoas que tanto amava.

Sabia que quando acordasse eles estariam ali, ao meu lado. E toda vez que abrisse meus olhos, e os visse novamente, eu não encontraria apenas minha família, mas sim a verdadeira felicidade.

Minha consciência estava leve, tão leve que velejei nas asas do sono ao lado das pessoas que tanto amava.

EPÍLOGO
FESTA NA FLORESTA

O silêncio da noite estrelada era mesclado com o som da água corrente do Rio Jacaré Pepira, em meio aos pios das corujas, no coração da mãe natureza.

Nas proximidades de um tronco de árvore, localizado ao lado de uma gigantesca pedra, cheia de limbo revelado pelas luzes do luar da lua cheia, duas crianças de aproximadamente quinze anos se aproximavam. Elas tinham os cabelos encaracolados, eram loiras e pele tão branca quanto o luar que as iluminava.

As duas crianças aproximaram-se da velha pedra, fundiram-se em uma só e começaram a encolher, formando uma criatura pequena, barriguda, de aproximadamente uns quarenta centímetros, com longas orelhas pontiagudas, com mãos e pés grandes, desproporcionais ao corpo. Tinha um sorriso macabro, onde a boca parecia que iria emendar-se com a orelha. Não era possível ver os olhos, pois a criatura os escondia por trás de um pano escuro, de onde no meio, saltava um grande nariz pontiagudo.

Ela aproximou-se da velha pedra. Já conhecia a magia que faria abrir o portal.

Sabia que a noite era especial, e que o tão esperado dia havia chegado.

Colocou a mão disforme na pedra, que emitiu uma luz intensa abrindo algo que parecia uma porta, iluminada por uma luz azul e mágica.

A criatura entrou. Atravessou o portal mágico que se fechou imediatamente, abrindo espaço para um gigantesco auditório, com cadeiras de madeira dispostas em espaços regulares. O salão estava lotado de criaturas iguais as que havia acabado de entrar. Todas elas olhavam para outra criatura vestindo uma roupa dourada (que deixava o umbigo de fora), e falava na língua dos duendes.

— Hoje, hoje sim. É a nossa cerimônia do prêmio trevo de ouro (um prêmio semelhante ao Oscar dos Humanos, só que no caso dos duendes, havia apenas um trevo de ouro a cada cem anos), onde a melhor travessura feita para um humano no decorrer de um século irá ganhar o prêmio. Irá ganhar.

Não foi fácil para a comissão julgadora. O nosso colegiado milenar de anciões teve que selecionar milhares de travessuras antes de adicioná-las no pergaminho mágico para decidir, quem seria o ganhador — nesse momento uma luz azul acendeu a alguns metros do locutor, mostrando a imagens de nove duendes velhos e enrugados, com longas barbas brancas e sujas, usando um pano branco escondendo os olhos. Um deles retirava meleca do nariz.

— Quem será o contemplado? Tivemos grandes concorrentes, incluindo ganhadores de outras edições. — Falou o locutor após ser interrompido por uma salva de palmas, risos e cochichos.

—Vocês sabem que não basta a melhor travessura, mas a travessura que faça um humano refletir sobre si mesmo e encontre a humildade em seu coração. Há milênios estamos vivendo ao lado destes seres gigantescos, gigantescos, sim, que nos assombram com seus ideais gananciosos, destrutivos em especial com nossa natureza e nossa missão por gerações e gerações tem sido mudá-los, na esperança de que aprendam os verdadeiros valores da vida.

Osdrack olhava para o locutor com a orelha caída. Ele sabia que há mais de 2000 mil anos ninguém de sua família ganhava o prêmio, mas ao menos inscreveu a travessura que havia feito com um menino da escola. O mais ganancioso da classe, o menino que queria dominar o mundo. Teve que correr atrás dele e injetar-lhe a poção com o feitiço e machucá-lo de forma que ele não morresse, mas que aprendesse a lição. A poção era preparada em casa. Anos de estudo sobre os podres dos humanos, como ganância, corrupção, assassinatos e outros diversos distúrbios, que compunham um tratado da sordidez humana com mais de 5 mil páginas, escritas pelo próprio punho, tudo isso para preparar uma poção.

Ainda que não ganhasse o prêmio, ao menos poderia contar para o filho e para esposa a travessura que havia feito, e, quem sabe, inspirar o filho Oswald a ganhar o prêmio daqui a 500 anos — quando o filho teria idade para participar do concurso, pois crianças não eram permitidas participar no concurso devido ao perigo da instabilidade emocional dos humanos —, e quem sabe teria o rosto esculpido no mural de pedra dos honrados travessos, ganhadores das edições do trevo de ouro.

Uma "duende" olhou para trás e acenou. Ela estava descabelada e usava um batom feito com sangue de tilápia. O mais saboroso dos beijos... Era Druida, a esposa, que estava sentada ao lado do pequeno Oswald. Ela apontou para Osdrack uma cadeira de madeira, na qual ele poderia sentar-se.

Com cuidado, e sem passar na frente dos outros diversos duendes que assistiam encantados a cerimônia, aproximou-se da esposa e sentou ao lado dela.

Osdrack ganhou um beijo da esposa — é claro que os narizes não tocaram os olhos, por isso os duendes usavam o pano para não cegá-los, (acreditem, muitos duendes ficaram cegos por isso no passado) — e ela aproveitou para tirar uma bola de cera da orelha do marido, que estava quase caindo e a comeu.

— Querido, por que você atrasou? Atrasou porquê? — Perguntou sussurrando na orelha do marido.

— É que tenho medo de Oswaldinho ficar com vergonha. Ficar com vergonha do pai.

Druida abraçou Osdrack, enquanto Oswaldinho olhava para o pai com orgulho. Ele amava o pai, que toda noite contava as melhores travessuras dos avós, dos bisavôs e dos tataravôs, mas a última travessura do papai, havia sido fantástica! Nenhuma se compararia com a dele, nem mesmo a da mulher que teve o corpo decepado dia a dia por um psicopata e não morreu, para parar de ficar exibida. Era fichinha perto da travessura do papai. O papai era "foda", como diziam os humanos, apesar de não compreender o que significava, mas sabia que era algo bom.

— Amor, você vem se preparando há séculos, já conhece O Tratado da Sordidez Humana de trás para frente. Osdrack amado marido conhece. Nós temos orgulho de você.

Osdrack segurou as mãos de Druida. A amava com todo o coração frio que um duende tem, e voltaram a prestar atenção no locutor.

— Bem, agora vocês terão uma apresentação das dançarinas que irão apresentar o tema: Inveja.

Diversas bailarinas duendes em pares entraram no salão. Umas dançavam muito bem e outras da pior forma possível. As que dançavam mal, pegavam uma adaga e no final esfaqueavam as que dançavam bem e depois as esquartejavam, e ficavam apenas as desengonçadas dançando.

A plateia de duendes ia ao delírio. Oswaldinho morria de rir, quando as cabeças das outras bailarinas eram arrancadas seguida de um jato de um sangue azulado.

Ao final da dança, sob efeito de um feitiço os pedaços das bailarinas de reconstituíam e elas se recompunham, caminhando à frente do palco e agradecendo a plateia que as ovacionava.

Então, o apresentador após secar ás lágrimas de tanto rir, aproximou-se carregando um pergaminho mágico.

— Bem, estamos com o pergaminho mágico que há séculos e séculos vem escolhendo os melhores duendes travessos.

O rumbar dos tambores quebrou o silêncio.

O duende vestido de dourado abriu o pergaminho, que começou a irradiar uma luz dourada e intensa, projetando um trevo dourado na parede branca logo abaixo dos duendes anciões no auditório.

— E sob o encanto dos nossos noves anciões, o ganhador irá ser revelado, vai ser revelado. — Disse o apresentador enquanto os anciões se levantavam e davam as mãos, gerando uma luz azul que projetou no pergaminho, a seguir projetou um nome em vermelho escrito em aramaico antigo, como se tivesse sido escrito em sangue.

— O ganhador é, o ganhador do prêmio: Osdrack!

Toda a plateia ficou em pé. Aplaudiam Osdrack que começava a chorar em meio a tamanha alegria.

— Esperem! Disse o narrador olhando para os anciões que haviam acabado de projetar um pensamento.

Osdrack começou a tremer. Sabia que as travessuras não eram permitidas com duendes. Talvez o pergaminho estivesse errado.

—Vocês não vão acreditar, não vão. Acabei de receber a informação do pergaminho mágico, de que Osdrack não irá ganhar o trevo de ouro. Não vai ganhar.

Osdrack ficou cabisbaixo. E sentou-se ao lado, com medo de enfrentar o olhar de desaprovação da esposa e de Oswaldinho. As esperanças depositavam-se nas mãos do filho, nas futuras edições do concurso.

— Após milênios, decidimos que Osdrack foi escolhido para ganhar O TREVO DE DIAMANTE! — Disse gritando e pulando, enquanto a plateia em pé aplaudia de forma alucinada.

O trevo de diamante raramente saía a cada mil anos e por milênios famosos duendes fracassaram na tentativa de consegui-lo. Apenas o trevo de ouro saía a cada cem anos. Aquele que ganhasse o trevo de diamante, recebia a honraria máxima em ser convidado para participar do conselho de anciões, além é claro de uma escultura de ouro a ser colocada na entrada do depósito sagrado do tesouro. Aquele que tivesse ganho 5 trevos de ouro, tornava-se conselheiro ancião. Já aquele que ganhasse o trevo de diamante se tornaria o conselheiro e mestre supremo. Apenas um duende havia conseguido tal feito, e esse duende era Osdrack, que sentia imensurável orgulho por tamanha conquista.

O conselho se levantou e se curvou olhando para o ganhador do trevo de diamante, que abraçava a esposa e o filho em meio à um choro compulsivo.

Caminhou em direção ao conselho, enquanto todos aplaudiam.

Sabia que no dia seguinte seria notícia mundial no jornal mágico dos duendes. Cada ancião abraçou Osdrack e deram-lhe um manto de cristal junto com o trevo de diamante fechado em uma pequena cúpula mágica, impenetrável, exceto pelas mãos do ganhador.

Osdrack lembrou-se de Dário, sim, o menino humano Dário.

Riu sozinho das travessuras que havia planejado para o garoto, da falsa realidade que fez Dário acreditar. Sim, o menino idiota, mas que tinha uma boa índole. O menino Dário que havia conquistado o frio coração de Osdrack, onde naquela data, ambos haviam encontrado a verdadeira felicidade, cada um da sua forma.

POSFÁCIO

Querido leitor,

Quando encontro com meus leitores, a primeira pergunta que fazem é: De onde você tirou essa ideia? Não tenho razões para esconder a origem deste livro.

Na verdade, há tempos, queria escrever um livro usando como cenário a cidade de Brotas, na qual passei grande parte de minha infância. Essa era uma cobrança antiga de alguns amigos que tenho por lá, e acredito que cumpri a missão a contento.

Realmente este livro, como os outros que escrevi, me obrigou a pesquisar um pouco sobre os duendes, e quando deparei-me com tantas figuras mitológicas diferentes que variavam de duendes, gnomos, globins, etc., percebi que o trabalho não seria fácil.

A história eu já tinha em mente, em minha última viagem para Brotas-SP, e após saborear um bom pastel de carne com caldo de cana na famosa Garapeira da cidade, lembrei-me das poucas vezes que ia pescar com meu pai no rio Jacaré e de momentos de minha infância na época em que Brotas não era tão conhecida como polo turístico, e lembrei de meus amigos que saíram da cidade para estudar fora e cursar uma faculdade, como foi o meu caso.

Naquela época, eu acordava por volta de 4:45 da manhã, para pegar o ônibus que me levava até Jaú-SP (tinha que estar no ponto as 5:45). Eu pensava como seria difícil para os estudantes menos afortunados, ou daqueles que tinham pais que os proibiam em se arriscar na cidade grande.

As pessoas próximas que conhecem minha história, sabem que vim de uma família humilde e quanto lutei para chegar onde cheguei e que não foi fácil, pois eu dividia o horário entre estudo, trabalho — tenho orgulho em dizer que ajudei meu pai a construir uma casa — e pouco tempo para o lazer. É óbvio que não nasci em um berço de ouro, mas minha mãe sempre me incentivou a ler e desde cedo me apresentou a magia dos livros.

Usando uma pitada dessa memória e recordando dos amigos que reclamavam por não poderem sair de Brotas, resolvi criar Dário, o menino que sonhava alto, e por que não sonhar em ser o homem mais rico do mundo? Me atire a primeira pedra aquele que nunca quis ganhar na loteria.

Todo dia, eu passava sobre a ponte do Rio Jacaré, e olhava hipnotizado pela beleza suprema da mãe natureza, e é claro, que essa imagem se tornou o cenário perfeito para dar o início a história.

Em meus estudos sobre duendes, descobri que eles não são tão bons assim como pensamos — se é que essa criatura existe —, mas fundamentado em um pouco de mitologia descobri que os duendes são conhecidos pela expertise em fazer travessuras. Aqueles momentos que você está atrasado para o trabalho e procura a droga da chave do carro, e não sabe onde está. Começa a procurar em todo lugar e de repente ela aparece em um local que você jurava mil vezes a si mesmo que já tinha olhado. Esses episódios, dentre outros mais pitorescos, são supostamente atribuídos à essas vis criaturas, que segundo a lenda tem um senso de humor grotesco, não tão refinado como o nosso, mas que acredito que deva ter coração se forem uma criatura biológica — ainda que desconhecida pela medicina ou pela biologia.

Somemos uma criança ambiciosa, uma criatura que adora fazer travessuras e com um senso de humor sádico, e a história já começa a ganhar forma.

Todo dia, o que mais vejo são pacientes reclamarem da vida, preocuparem-se com bens materiais, além de desperdiçarem horas e horas atrás de smartphones, tablets e deixam de lado o sentido verdadeiro da vida, o "carpe-diem". Vivem soterrados na escuridão de um mundo de grifes, produtos e trabalho e acabam deixando os melhores momentos — que eu me atrevo a chamar de felicidade — para trás.

Certa vez, em uma aula de literatura na cidade de Jaú, um professor falando sobre o carpe diem disse: "Quantas vezes seu avô, avó, pai ou mãe levam para você um cafezinho, e você o que faz? Ah, nem. Não quero café não. Sai pra lá com isso. A pergunta é: Será que amanhã eles vão estar vivos para lhe oferecer o café de novo?". Isso é para refletirmos e a meu olhar, nesses pequenos e simples momentos se esconde a felicidade.

Você pode me questionar: espera aí, isso tudo foi um sonho? Mas como foi um sonho se começou com uma ameaça a bomba e depois a história do Dário.

A resposta é simples. Uma mistura de realidade e sonho. O duende era real incluindo a peça que ele pregou em Dário, que viveu um sonho dentro de um sonho. Isso é possível, pois o sonho é como uma imagem infinita gerada por nosso subconsciente como um espelho e sabemos bem que um espelho pode refletir outro.

Sei que você deve querer me questionar, mas na parte que se tratava do sonho de Dário, sonho porque você não deu dicas?

Dei sim, o livro está repleto de dicas. No prólogo eu coloco diversas forças militares juntas — exército, polícia federal, ABIN, grupo antiterrorismo — e lhes garanto que essa turma toda junta só vai aparecer no apocalipse e quando isso acontecer eu não quero estar aqui para ver.

No decorrer da leitura, dou outras dicas, como o vestido da mãe, que nunca troca. É a imagem onírica que carregamos em nossa memória e, claro, no momento do assassinato dos tios, Dário começar a ver o assassino a flutuar sobre o sofá — só em sonho ou num show de ilusionismo, que não era o caso —, além é claro da equipe tática que desaparece após matarem o criminoso.

Já o epílogo é um xeque-mate em tudo que disse até agora e uma prova cabal de que tudo pode ter sido verdade. Deixo a cargo de vocês abrirem as portas da imaginação e acreditar ou não no duende.

Fundamentado de que o sofrimento transforma a alma de uma pessoa, um pouquinho de pimenta adicionada por um duende através de uma poção mágica no sonho de Dário, poderia mudá-lo e inserí-lo em uma grande jornada de autoconhecimento.

Enfim, espero que esse livro tenha tocado seu coração, assim como o protagonista "o menino Dário", tocou o meu.

Que todos meus leitores sejam felizes, sem que nenhum duende invada seus sonhos para conseguirem o almejado prêmio e transformá-los em pessoas melhores.

Até o próximo livro e carpe-diem.

Hermes Marcondes Lourenço

Outono de 2017

⊙ editoraletramento ⊕ editoraletramento.com.br
ⓕ editoraletramento (in) company/grupoeditorialletramento
ⓨ grupoletramento   ✉ contato@editoraletramento.com.br

⊕ casadodireito.com ⓕ casadodireitoed ⊙ casadodireito